目次

JN122335

桃色の未亡人村

序章

「アァン、とろけちゃう。感じちゃうンン。んっあああ」

「はぁはぁ。いいのか。そうかよ。ククク」

……バツン、バツン、バツン。

「あああ、気持ちいい。気持ちいい。あああああ」

「はぁはぁはぁはぁ」

男はカクカクと腰をしゃくり、ねちっこい抜き挿しで女の膣奥深くまでペニスを突き刺した。性器が擦《こす》れあう部分から、グチャッ、ネチャッと汁気たっぷりの粘着音がひびく。

(まったく、どいつもこいつも。クク)

男はニンマリと口角をつりあげる。

この集落の女たちは、ひと皮むけば誰もがみな、男に飢えていた。

なんだかんだと言いながら、こんなふうに押したおして強引に求めれば、人が変わったようによがりだし、卑猥《ひわい》で下品な素顔をさらす。

（そう、きっとあの女も……）

頭の中でひとりの女を妄想しながら、男はあえぐ女のぬめり肉に亀頭を擦りつけた。

こいつではなく、その女を犯していると思うと、肉棒はますます感度を増し、どす黒い、獰猛《どうもう》な気分がこみあげてくる。

（待ってろよ、必ず……必ず！）

心中でその女に呼びかけながら、男はさらに腰の動きを激しくした。

――グチャグチャグチャ！　ネチョネチョネチョ！

「うああ。ああああああ。ああ、イイッ、イイン。あああああっ」

長いこと男日照りがつづいた女は、もはや半狂乱である。

バックから突きあげる男の責めに気が違ったような声をあげ、いつもの顔とは別人のように、激しく髪をふり乱した。

第一章　汗ばむ未亡人

1

「佐川《さがわ》さん、いちおう全部かたづいた」

初々しさ満開の娘は、鈴を転がすような声で言った。

佐川友樹《ゆうき》はふり返る。

（ああ……）

美少女の笑顔がまぶしくて、思わず両目をそっと細めた。

少女の名は、姫浦美緒《ひめうらみお》。

今はカジュアルなふだん着姿だが、十七歳のこの娘は巫女《みこ》装束姿になると、とたんに神々しさを露《あらわ》にする。

「あ、ありがとう」

友樹は礼を言った。美緒は友樹への返事のように、あどけなさの残る美貌《びぼう》をさらに笑顔にする。

「食材のほうも、かたし終えましたので」

そう言って笑ったのは、この集落で暮らす未亡人のひとり、高梨希和子《たかなしきわこ》。

三十八歳だという未亡人は、笑うと垂れ目がちになる男好きのする顔立ち。

友樹よりちょうど十歳上になるこの女性が、美緒とふたりで引っ越しを手伝ってくれたのだった。

「すみません、ありがとうございます」

「いえいえ、お役に立てれば。ンフフ」

恐縮して頭を下げると、希和子はヒラヒラと色っぽく手をふった。思わず三人で微笑《ほほえ》みながら、家の中をぐるりと見る。

歴史の重みを感じさせる、田の字造りの古民家。

木立の奥にぽつりと立つ、茅葺《かやぶき》屋根の骨董品的建物が、これからしばしの間、友樹の日々の住居となる。

「なにかあったら、連絡して。こんなところでも、なんとか電話は通じるから」

土間で靴をはきながら、自虐的に美緒が言った。

希和子もいっしょに笑いながら、なよやかな挙措で靴に足を通す。

「ありがとう、助かった。おばば様によろしく言ってね。あらためて挨拶《あいさつ》にうかがうけど」

見送りに出た友樹は、美緒のスレンダーな背中に声をかけた。

美緒は「うん」と明るく言う。

ショートの黒髪と、目鼻立ちのととのった端正な美貌が印象的な十七歳。

すらりと伸びやかな肢体は健康的だが、無駄な肉はどこにもない。胸もとをひかえめに盛りあげるふたつの美乳も愛らしい。

「じゃあね。あ、そうそう。言うの忘れたけど、ここ、お化け出るから」

立ちあがった美緒は玄関に向かいつつ、しれっと言う。

「げっ」

「あはは、うそうそ。それじゃ」

「ウフフ、では」

「あ、ありがとうございました。もう、勘弁してよ、美緒ちゃん」

「あははは」

引っ越しの手伝いをしてくれたふたりは、笑顔で引き戸を開閉し、日の暮れかけた中を「わあ、寒い」などと言いながら帰っていく。

外には希和子の車があった。

友樹はもう一度ふたりに頭を下げ、中へと戻った。あらためて部屋の中を見て、しみじみとする。仕事柄、こういう民家は見なれているほうではあるものの、さすがに寝泊まりできる機会もそうはない。

「いい経験だな、ありがたい」

心中でおばば様を思いだし、手を合わせた。

おばば様とは、この集落の長老的存在である姫浦志津代《しずよ》のこと。美緒の祖母でもある親切なその老婆のおかげで、友樹はこうして破格の家賃でねぐらを確保できたのだ。

「さて、もう少しやっちゃうか」

気合を入れ、掃除のつづきをすませてしまおうとした。

集落一の名家である姫浦家は、美緒の話によればこの古民家以外にも、いくつかの家を所有している。

長いこと誰も暮らしていなかった建物にしては、つねに掃除はおこたらなかったらしい。ライフラインさえ再開させれば、すぐにでも使えるようになっていたのがありがたかった。

新年を迎えて、まだ二カ月ほど。

暦の上ではとっくに立春を迎えていたが、標高の高い山間にある集落はとてつもなく寒く、まだまだ春は遠い。

貸し与えられたストーブのありがたさが、それこそ身にしみた。

おばば様や美緒、手伝いを買って出てくれた村の未亡人、希和子のおかげで最低限の体裁は確保できた。

だが、まだまだやらなければならないことはたくさんある。

友樹は「よし」と、作業のつづきを再開させた。


ここは、北関東Q県。

辺鄙《へんぴ》な山奥にある、興川《おきかわ》集落というところ。

興川の地名の由来は「河川の源流のあるところ」とのことだったが、たしかにこの集落はX山地Y岳にあり、Q県を流れるZ川は集落付近を源流とする。

興川集落は、いわゆる限界集落。

過疎化や少子化などで住人の高齢化が進み、人口の半分以上が六十五歳以上の高齢者となった地で、人々が共同体として生活をつづけることが困難になってきた集落をそう呼ぶ。

友樹は各地を旅し、全国の伝承を追いつづけるライター。

大学で民俗学を学んで以来、ずっとその道ひとすじに生きようと決意して今日までできた在野の専門家で、いずれはさる高名な民俗学者がものしたような説話集を自分も発表できたらよいな、などと夢見ながら活動をつづけていた。

マニア限定ではあるが、彼の書くブログは一部で人気を集めている。

民俗学に関する堅い話だけでなく、各地の妖怪《ようかい》や怪異譚《かいいたん》、不思議な話なども紹介する記事はなかなかの評判で、ときを追ってフォロワーが増えつづけているところである。

学者肌で、根っからのオタク気質。

これまでの人生、あまり女性とは縁がなく、そこが寂しいといえば寂しいが、これればかりはしかたがないと思っている。

乙女チックなことを言うようだが、恋とはある日、雷が落ちるように遭遇するもの。

運を天にまかせ、我が道を行くうちに、縁があれば雷は落ちる。まあ、多少負け犬の遠吠《とおぼ》えめいたところはあるが。

それはともかく、そんな友樹が四日前にやってきたのが、ここ興川集落。妖怪や怪異譚を含めた、村に伝わる伝承の取材のためだ。

興川集落の人口は百人にも満たない。

山間の狭隘《きょうあい》な土地に田畑や森、人家があるが、生活に必要な雑貨店兼食堂は一軒だけ。

しかも隣村まで行くのにも徒歩で一時間とちょっとかかるという不便さが災いし、いよいよ限界集落になってしまっていた。

ところが、実際にこの地を訪れた友樹は、意外な現実を知ることとなった。

たしかに不便な集落ではあるものの、この過疎の地は老いも若きも、その多くが女性ばかり。しかも、人口の半分である六十四歳以下の人々は、みな驚くばかりの美人ぞろいである。

いや、長老格である志津代も、かつては美人であったろうと思えるものを持っていたし、もしかしたら年齢とは関係なく、集落で生きる女性の多くが美人なのかもしれない。

しかも、たしかに厳冬の季節はつらそうなところではあるが、下界にはない手つかずの自然と風光明媚《めいび》とも言える美しさもこの集落にはある。

どうしてこんなところが限界集落なのか。

友樹は疑問に思うが、集落の長老的な存在である志津代おばばに話を聞けたことで謎《なぞ》は解けた。

ちなみにおばばは、取材のために声をかけた希和子に紹介された。

なぜだかこの集落は、男たちが短命なのである。

しかも生まれてくるのは、どの家もどうしてだか女ばかり。

よその地から男を迎えるしかない家が多いのだが、どの家もうまくいっていなかった。

そのため集落は、未亡人、未亡人、未亡人……まさに「未亡人村」だったのである。

だが集落の女はみなこの地を愛しており、なにがあろうとここから出ていきたがらない女性が多い。

言いかたは悪いが「男日照り」のつづく暮らし。しかし女たちは誰もがじっと息を潜めたように、山間にある過疎集落で生きていた。

そんな集落としての長い歴史のなか、住人たちを治めてきた村長格の名家が、おばばこと志津代がしきる姫浦家。

姫浦家からは代々、村の神事をつかさどる巫女が輩出され、おばばもまた、かつては霊験あらたかな巫女として権勢をふるった。

そして現在の巫女は、その孫娘である高校二年生の美緒。

ここから車で四十分ほどの小さな町に宿をとり、車で集落に日参するようになった友樹は、二日ほど志津代と美緒が暮らす広大な日本家屋の屋敷に世話になり、よかったら使えばよいとおばばに紹介されて、姫浦家が所有するこの古民家を自由に使える宿としてあてがわれたのだった。

古民家は玄関を入ると右手に大きな土間があり、屋敷の南側には縁側が張りだしている。

田の字の形に並ぶ部屋は西側に仏間と床の間が配され、四つの部屋の中心に大黒柱があった。

土間は東側にあり、水まわり関連はここに集約される。

こうして友樹はあらためて下界の宿をキャンセルし、美緒と希和子に手伝ってもらって、ここに越してきたのであった。

まさか引っ越しをしたその当日、早くも波乱に満ちた事件が起こるとは夢にも思わずに……。

2

「ほ、本当におかまいなく」

「ンフフ。遠慮しないで、私もどうせひとりなんだし」

「いや、でも……」

友樹はうろたえた。

引っ越し一日目の夜が、こんな展開になるとは思わなかった。

すでに日はとっぷりと暮れている。

戸外にはチラチラと雪が舞っているが、おばばに貸与されたストーブのおかげで、家の中は汗すら出そうな暖かさである。

と言うか実際、友樹は汗をかいていた。だがこれは、冷や汗かもしれないと彼は思う。

茶の間のちゃぶ台には次々と、その女性が用意してくれた料理が並んだ。料理どころか、その人は熱燗《あつかん》の日本酒まで運んできてくれる。

「希和子さん、お酒まで……」

友樹は、その人の名を呼んだ。

そう。

それは、希和子だった。

引っ越しを手伝い、一度は帰ったはずの未亡人が予告もなく、ふたたびやってきたのである。せっかくだからご飯も作ってあげますと、自ら新たな食材や酒までをも手土産にして。

「いいんです。どうせ私、あまり飲まないですし、もらいものだから。さあ、どうぞ」

恐縮する友樹に癒やし系の笑顔で応《こた》え、希和子は膝《ひざ》をついて酌をしようとした。友樹に猪口《ちょこ》を持たせ、自らは徳利の首をつかむ。

「す、すみません」

正直、あまり酒は飲まない。

日本酒なんて飲んだこともないと言ってもよい。だが、未亡人のせっかくの好意をむげに断るのは気が引けた。寒いなか、この人はよかれと思って、友樹の世話を焼いてくれている。

「気にしないで。私のほうこそ、誰かといっしょにご飯を食べられるなんて。それじゃ、私もいただいちゃおうかな」

「あ……すみません、気がつかなくて」

うれしそうに自分の猪口をつまむ希和子に、友樹はあわてて謝罪した。

未亡人から徳利を受けとる。白魚の指につかまれた希和子の猪口に、熱燗の酒を並々とつぐ。

「ありがとうございます。さあ、召しあがれ。引っ越し、お疲れ様でした」

「どうも、じゃあ……か、乾杯」

「乾杯、ンフフ」

「あっ……」

色っぽいしぐさで猪口をかざすと、希和子は意外にもひと息で酒を飲みほした。

「希和子さん……」

「ンフフ、ああ、久しぶりでおいしい。いいですか、もう一杯」

「え、ええ」

ものほしげに猪口を差しだされては拒めない。友樹はぎくしゃくと、二杯目の酒を未亡人の猪口に注《つ》ぐ。

「いただきます」

「どうぞ……」

希和子は二杯目の酒に、友樹は一杯目に口をつけた。

彼のほうはひと口嚥下《えんか》しただけなのに、熟女は二杯目も苦もなくくいっと飲みほしてしまう。

「ああ、おいしい。ンフッ、温まってきた」

「大丈夫ですか」

「大丈夫、大丈夫。さあ、どんどん食べてください」

「はい……」

あまり大丈夫ではないように、正直思えた。明るく笑う希和子の言葉は、早くもろれつがまわらなくなりつつある。

彼女もそんなに強いほうではないのではないか。

それなのに、この飲みっぷりのよさはいったいなんだと、人ごとながら心配になる。

「さあ、佐川さん、どうぞ、召しあがれ」

「は、はあ。それじゃ、遠慮なく」

希和子は対面から、友樹に料理を勧めた。未亡人が懸命にこしらえてくれたツマミ類。箸《はし》をつけないわけにはいかない。

（と言うか、おいしそうだ）

湯気を立てる卓上のツマミたちに、友樹は食欲を刺激された。見ているだけで口の中に、みるみる唾液があふれだしてくる。

豚肉の味噌《みそ》炒め、ぶり大根、ほうれん草としらすのごま油炒めといったおいしそうな料理が、競いあうようにほかほかと湯気をあげている。

思いがけない展開にとまどいながらも、友樹は豚肉の味噌炒めを箸にとった。ふうふうと冷まして口の中に放《ほう》りこみ、咀嚼《そしゃく》する。

（うまい）

場所柄、決して鮮度のよい豚肉というわけではないかもしれない。

だが味噌のうまさや味つけの巧さがそんなハンディを跳ね返し、絶妙の味わいをかもしだしている。かめばかむほど口の中に肉の甘みとうまみがひろがり、なんとも幸せな気持ちになってくる。

「どうですか」

希和子の目つきは、少しとろんとしはじめていた。

しかし友樹は、料理のうまさに感激する。

「うまいです。こいつは本当にうまい」

ほくほくとツマミをあれこれと頰《ほお》ばりつつ、心からの思いを未亡人に告げた。

三十八歳の熟女はうれしそうに相好を崩す。

「よかった。じゃあ、私はもう一杯」

「……あっ。あの、ゆっくりと」

「ああ、おいしい」

「…………」

希和子は手酌で三杯目の酒を飲み、感きわまったようなため息をついた。

見ればその顔には、明らかに酔いがまわってきている。ますます両目がしどけなくにごり、ぽってりとした唇が半開きになって、ローズピンクの舌が艶《なま》めかしく朱唇を舐《な》めまわす。

(大丈夫かな)

美味な料理に舌鼓を打ちつつ、友樹は希和子を心配した。この熟女と食事をともにするのははじめてなので、詳しいことはわからないものの、そろそろ酒はやめさせたほうがよい気がする。それにしても、お酒が入るとますます色っぽくなるなと、熟女ならではの妖艶《ようえん》さを放散しはじめた希和子に気おくれするものを感じた。

むちむちと肉感的な未亡人。

色白の小顔は、男好きする癒やし系の顔立ちだ。鼻がまるく唇は肉厚で、笑うと垂れ目がちになる両目が妙に色っぽい。

セクシーなウエーブを描く明るい栗色《くりいろ》の髪は、肩のあたりでふわふわと毛先をはずませていた。

身につけているのはなんの変哲もない厚手のセーターとブルーのデニム。だが、それを内側からはちきれんばかりに押しあげる完熟ボディのもっちり感は半端ではない。

セーターの胸もとを盛りあげるたわわな乳房はおそらくGカップ、九十五センチ程度はある。しかもただ大きいだけでなく、ちょっと動くだけでこれ見よがしによく揺れた。

デニムの臀部《でんぶ》をパツンパツンに張りつめさせるヒップのボリュームも圧倒的だ。引っ越しのときや夕餉《ゆうげ》の準備のとき、自分の視線が彼女のヒップに吸いついてしまうことに、何度友樹はうろたえたかしれない。

「美緒ちゃん、かわいそうなんですよね」

すると、希和子がふうとため息をついて、いきなり美緒を話題にする。

「えっ……かわいそうっていうと？」

友樹の脳裏に、あどけなさを残した少女の凜々《りり》しい美貌がよみがえった。

巫女として、村の神事を担当する十七歳の娘のことは、友樹もずっと気になっていた。

姫浦家に寝泊まりをしていた二日間は、あれこれと世話を焼いてくれた、これまた恩人の女性である。

「この集落、男の人がぜんぜん足りていないじゃないですか」

自分の猪口に手酌で酒を注ぎつつ、希和子は言った。いい加減もう止めなくてはと思いつつ、友樹は話のつづきが気になる。

「え、ええ……それで？」

「美緒ちゃん、責任を感じるらしくって、いつも一所懸命神様に祈りを捧げてくれて。集落の女たちの良縁祈願を必死にやってくれるんですけど、なかなか効果が出ないって焦ってくれているみたいで。おばば様の前では、けっこう弱音を吐いたりしているみたいなんです」

「そうなんですか……」

たしかに、村の未来を一身に背負うような立場に置かれる重圧は想像にあまりあった。

しかも美緒は、まだセブンティーンの女子高生。平日は、徒歩で往復二時間以上もかかる隣村の高校に通っている。

「本当なら」

新たな酒をくいっと飲み、もの憂げな顔つきになって希和子はつづけた。

「美緒ちゃん、こんなことしなくてもよい立場だったんですけどね。神様って、ほんとに残酷です」

「……えっ。どういうことですか」

「まあ、それはともかく」

酔ってつい、よけいなことを言ってしまったとでも思ったかのようだった。友樹の問いには答えず、希和子は上目遣いに彼を見る。

「この集落……ほんとに女ばかりなの。わかるでしょ」

やはり、一気に酔っぱらったようだ。

それを証拠に、友樹への言葉遣いは、いつしかタメロになっている。

「は、はあ。希和子さん、もうそろそろ……」

友樹は未亡人の手から猪口をとりあげようとした。だがそれを察した希和子は、一瞬早く、スッと彼から猪口を遠ざける。

「女ばかりなの。もう長いこと、ずっと……ずっと……」

「ええ……えっ？」

「……女ばっかり」

そう言うと、希和子はねっとりと糸さえ引きそうな粘っこい目つきで、じっと友樹を見た。

その目つきの妖《あや》しさに、友樹は落ちつかない気持ちになる。

「希和子さん？」

「飢えてるの」

「……はっ？」

「…………」

「き、希和子……あっ……」

未亡人の名を呼びかけ、友樹は息を呑《の》む。未亡人がいきなり立ちあがり、ちゃぶ台をぐるりとまわってこちらに来る。

「あの、き、希和……わあっ」

いきなりむしゃぶりつかれた。希和子の勢いをまともに受け、ふたりして畳に転がりこむ。

持っていた箸が畳に吹き飛んで、転がった。

3

「希和子さん」

「飢えてるの、私たち。もうずっとずっと飢えてるの」

「いや、飢えてるって……うわあ、ちょ、ちょっと」

「ほしい。男がほしい。ほしいの。ほしいィンン」

酔った希和子は友樹の知る、おとなしそうな彼女とはもう別人だった。らんらんと、酔いでにごった両目を輝かせた。

すでに友樹はリラックスした部屋着になっている。上下そろいの、色気もへったくれもない厚手のジャージだ。

とまどって暴れる友樹に有無を言わせず、未亡人は彼の下半身から、下着ごとずるりとジャージのズボンを脱がせる。

「うわあ、希和子さん、落ちついて」

顔が熱くなるのを、友樹は感じた。思いがけない強引さで、希和子は彼の足から下着とジャージを完全にむしりとる。

友樹は両手で大事な部分を隠そうとした。

しかし、希和子は許さない。股間に伸びる彼の手を払い、むりやり両足をひろげて自分の居場所を確保するや——。

「ああ、ち×ちん。男の人のち×ちん。ち×ちん」

……ムギュウ。

「わああ」

陰茎は、もちろんこれっぽっちも勃起などしていなかった。しなびた明太子《めんたいこ》のようになったままである。

希和子はそんなペニスを、白魚の指でにぎった。

「ああ、久しぶり。あの人のより大きいかも。うれしい、ち×ちん」

「うわっ。そんなことしたら……」

いとおしそうに男根に頰を押しつけ、感無量とばかりに頰ずりをする。すべらかな頰に性器を擦りつけられ、とまどう気持ちとは裏腹に、甘酸っぱい快美感が、電気のように肉棒からはじける。

(まずい。まずい、まずい)

「希和子さん、やめてください。だめです、そんなことしちゃ……」

友樹は未亡人に、なおも理性を求めた。

聞けば夫を病気で失ってから、すでに五年になるという。この若さで夫婦生活ができなくなったつらさは想像にあまりあるが、だからと言って、ご自由にどうぞとは、言える性格ではない。

こういうことには、なによりも愛が必要なのではないだろうか。

だが希和子は、どうやら自分とは違う世界に生きている。

「ああ、ち×ちん。ねえ、舐めてもいい？　もう舐めちゃうんだから」

「えっ。わああ」

許可したわけでは、もちろんなかった。それなのに、許しも得ずに未亡人は、陰茎をまるごとぱくりと口中に頰ばってしまう。

「き、希和……きわっ、きわっ――」

「ンフフ……佐川さん、んっんっ」

……ぴちゃ。れろん。

「うわあああ」

「ンフッ。おいしい。ち×ちん。男の人のち×ちん。んっんっ……」

……れろん。ピチャ、れろん。

「うわあぁ。なにこれ。なにこれ。わあっ。わあぁ」

生まれてはじめて体験する気持ちよさに、友樹は目を白黒させた。

女の人にフェラチオをしてもらうこと自体あまり経験がなかった。ましてや勃起もしていない一物を、飴《あめ》でも舐めるように舌で転がされるなんて、二十八年生きてきてはじめてのことである。

白状するならこうした行為をするのは学生時代、同期の女学生と交際することになり、彼女の部屋でいたしたことが何度かあった程度。

そのときは互いにウブもいいところで、いちおうペニスも舐めてもらったし、お返しのクンニリングスもしたものの、気持ちよさより恥ずかしさがうわまわっていたことを今でもよくおぼえている。

そんな当時の恋人とも、数カ月も経《た》たないうちに別れてしまった。

その程度の貧弱な性体験しか持たない友樹にしてみれば、この怒濤《どとう》の展開には、頭も身体もついていかない。

「うわあ……」

「ンフフ、おっきくなれ、おっきくなれ。んっんっ……」

……れろん、ピチャピチャ、れろれろ。

「おおお……」

希和子の舌は、ザラザラとヌメヌメがいっしょになった得も言われぬ感触。そんな舌が亀頭に食いこみ、ねろんと激しく舐めあげるたび、しびれるほどの快美感がはじけて脳天に突きぬける。

しかも、なんだこの感覚はと股間を見れば、未亡人は片手で金玉袋をそっとつかんでいる。

口中で友樹の陰茎を舐めしゃぶりつつ、白魚の指を開閉させ、陰毛だらけの玉袋を何度も揉《も》みしだいてあやしている。

(たまらない!)

こんなことをしてはだめだと思う気持ちは依然としてあった。

だがそうは言いつつ、生まれてはじめてとも言える快さに、理性が麻痺《まひ》して、身体から力が抜けていく。

「まあ、勃《た》ってきた。フフ……」

「えっ。いや、あの」

「いいのよ、勃って。もっと勃起して……わあ、すごい。んっんっ……」

「うお。おおお……」

肉棒が反応をはじめたことに悦《よろこ》んで、希和子はさらに熱烈に、友樹のペニスを舐めしゃぶった。

全身の血液が一気に股間に流れこみ、男根がムクムクと硬度を増す。

だめだ、勃つなと思いはするものの、もはや心のかけ声はむなしいばかり。勃つなと思う一方で、いやらしい未亡人の舌に、ついうっとりと股間を突きだしてしまう自分がいる。

（なんてことだ。ああ……）

学者でこそないものの、学問に人生を捧げ、まじめひとすじに生きてここまできた。性的な誘惑になんて負けない意志の強さも、それなりに持っていると思いこんでもいた。いつだって、学問第一だったはず。

それなのに、希和子の手練れの淫戯は、そんな友樹を嘲笑《あざわら》うほどの快さ。

いやなら言えばいいじゃない、とでも言わんばかりの自信に満ちた責めかたで、二十八歳の独身男を苦もなく籠絡《ろうらく》していく。

（勃ってしまう。おおお……）

友樹は観念した。

いよいよペニスが勃起をはじめた。

「まあ……えっ……えっ、えっ、まあ……まあ、んんんっ……？」

すると、自分で責めたてておきながら、希和子に異変が起きる。見れば今度は、未亡人が目を白黒させていた。

……ズルッ。ズルズルッ。

友樹の股間にピタリと密着していた熟女の顔が、少しずつそこから離れ、太くてどす黒いものが同時に口から姿を現してくる。

「んんっ、すごい……佐川さん、お……大きい……まあ……まあ……」

「くうぅ……希和子さん、ああ……」

未亡人の口の中で、一物がバッキンバキンにいきり勃ってしまうのを友樹は感じた。

困惑しながら希和子を見れば、その小さな口はすでにまんまるに開ききっている。大きくなった男根が、彼女の口からはみ出すように、さらにズルズルと飛びだしてくる。

「ぷっはあ」

ついに希和子は、息苦しさをこらえきれなくなった。ちゅぽんと間の抜けた音を立て、口からペニスを解放する。

そのとたん、大量の唾液が未亡人の口からあふれた。

熟女ははぁはぁと息をととのえつつ、信じられないものでも見るように、目の前に屹立《きつりつ》する怒張を見る。

希和子の口唇奉仕のおかげで、ペニスは天衝《つ》く尖塔《せんとう》と化していた。重力にあらがって天へと亀頭の先を向け、今にも腹にくっつきそうになっている。

堂々たる巨根だった。

おとなしくしているときはそうでもないが、友樹の肉棒は勃起をすると、神々しいまでの威容をしめす。

長さは軽く十五、六センチはある。

しかも長いだけでなく、胴まわりも太い。それをまる呑みしていた未亡人の口が、まんまるに張りつめたことでもそれは証明されている。

見た目もワイルドだ。たとえるなら、たった今、土から掘りだされたばかりのサツマイモのよう。ゴツゴツとした凹凸感と土くささを感じさせる男根は、赤だの青だのの血管を誇示するかのように浮きあがらせ、我ここにありと雄々しさをむきだしにしてアピールする。

亀頭の傘の張りだしかたも凶悪だ。

松茸《まつたけ》のように見事に開き、尿口からはこぽこぽと、未亡人の唾液を吹き飛ばしている。

そんな見事な肉砲が、未亡人の唾液をたっぷりとまぶされ、ヒクン、ヒクンと痙攣《けいれん》した。暗紫色の亀頭とどす黒い幹部分のコントラストも、なんとも極悪そうである。

「た、たまらない……佐川さん、たまらないわあ」

酔って理性をなくした未亡人には、友樹の怒張は刺激が強かったようだ。暑いぐらいに温度のあがった室温も、希和子を大胆にした。

三十八歳の熟女は、着ているものを次々と自身の身体からむしりとる。

セーターを脱ぎすてた。デニムをもどかしげにずりおろして足首から抜くと背後に放り投げ、中に着ていたTシャツも脱ぐ。

「うわあ、希和子さん……」

露になったのは、四十路《よそじ》間近の見事な完熟女体。

服の上からでもわかっていたことではあったが、やはりこのむちむちぶりはただごとではない。

食べごろの時期を迎えた熟れ女体は、息づまるほど肉感的。しかも肌は色白で、今はそれがエロチックに火照り、薄桃色になっている。

身につけていた下着は、ブラジャーもパンティも花柄模様だった。どちらも、わざとサイズ違いのものをつけているのではないかと思うほど、もっちりした女体にギチギチに食いこんでいる。

「がまんできない。ねえ、佐川さん、もう私がまんできない」

訴えるように言う声は、うわずり、ふるえてもいた。

「き、希和子さ……おわっ」

上半身を起こそうとすると、未亡人はそんな友樹の胸を押し、ふたたび畳に仰《ぎょう》臥《が》させる。

友樹の股間にまたがった。

パンティに指を伸ばし、股間に吸いつくクロッチをくいっと脇にやれば、むきだしになった女陰から、粘つく蜜がブブッとしぶいてあふれだす。

どうやら希和子の肉体も、とっくにスタンバイOKらしい。

「ハアァン、ち×ちん……おっきいち×ちん。うれしいわ。うれしいンン」

はしたない言葉を口にし、希和子は勃起を手にとった。

「うわあっ」

温かでヌルヌルした感触を亀頭におぼえる。強い刺激におののいて、友樹は全身をふるわせた。

だが強烈な刺激は、もちろんそれだけでは終わらない。

「んああ、佐川さん、ち×ちん、ち×ちん」

——ヌプッ。

「わわっ。希和子さん……」

「アァン。久しぶりなの。すごく久しぶり。んあっ。んあああっ」

——ヌプヌプッ。ヌプヌプヌプッ！

「わああ……」

「うあああ。来たわ。来た来た。ンッハアァ……」

ついに希和子は、媚肉に男根をまる呑みした。

パンティからのぞいたぬめり肉に、友樹は根元まで完全にペニスを埋没させた。

4

「き、希和子さん……」

「佐川さん、んっ……」

「ムンウゥ……」

合体した未亡人は、力が抜けたように友樹に覆いかぶさった。ぽってりと肉厚の唇を友樹の口に押しつけて、もの狂おしく吸いたてる。

……ピチャピチャ、れろれろ、ちゅぱ。

「んっ、んむぅ……希和子、さん……うわあ……」

「ンンムウゥ。んっんっ。ンンムウゥン」

……ぐぢゅる、むぢゅる。

「んああっ、ちょ……あああ……」

「ンンムグゥン。ンンッンンウゥ」

なおもとろけるような接吻《せっぷん》をしながら、未亡人はカクカクと上下に腰をしゃくりだした。自らの意志で猛《たけ》る巨根をぬめる膣ヒダに、ぬちょり、ぐちょりと擦りつける。

「ムンゥ、ンンッムゥン。あっあっ。あああ。ああああ」

「希和子さん……」

「気持ちいい。気持ちいい、気持ちいい。久しぶりなの。ほんとに私、久しぶりでうあああ」

「おおお……」

いやらしく腰をふって性器の擦りあいに溺《おぼ》れながら、未亡人は友樹から口を離し、淫《みだ》らな嬌声《きょうせい》をうわずらせた。

男好きのする美貌は完全にとろけきっている。うっとりとしたその顔は視線が定まらず、この世の桃源郷を浮遊していた。

半開きになったままの朱唇からよだれがあふれ、粘つく糸を伸ばして友樹の顔にしたたり落ちる。

（お、俺も気持ちいい）

口にこそ出さなかったが、天国にいるのは友樹も同じだった。ぐちゅぐちゅと卑猥な汁音を立てて亀頭とヒダヒダが擦れあうたび、甘酸っぱさいっぱいの快美感がひらめく。

セックスとはこんなに気持ちよいものだったかなと、学生時代のまぐわいを思いだし、意外な気持ちになった。

「うあああ、揉んで。佐川さん、揉んで、ねえ、揉んでエエンン」

「えっ。あ……」

子作りの快楽に身も心もゆだねた熟女は、早くも軽いトランス状態にあった。友樹に押しつけていた上半身をあげ、馬乗りの格好になる。両手を背中にまわし、プチッと音を立てて、ブラジャーのホックをはずした。

──ブルルルンッ！

「うおお、エロい……」

「ンフウゥン、ねえ、ねえねえ、ねぇンンン」

そのとたん、ブラカップをはじき飛ばすようにして、たわわなおっぱいが飛びだした。

たゆんたゆんと揺れる乳は、まさに小玉スイカのよう。ずしりと重たげで迫力満点なのに、男の自制心を嘲笑うかのように、上へ下へといやらしく揺れる。

乳房の頂《いただき》をいろどるのは、意外に小さな乳輪だ。濃いめの鳶色《とびいろ》をした乳輪の中央に、サクランボを思わせるまんまるな乳首がしこり勃っている。

「希和子さん」

「揉んで。ねえ、揉んで。乳首にもいやらしいことといっぱいして。してして、してエエェン」

「くう、こ、こうですか」

鼻にかかった媚声で求められ、もはや拒むことなどできなかった。

そもそもペニスの気持ちよさのせいで、悲しいかな理性などとっくにおぼつかなくなっている。

「うあああぁ」

「おお、やわらかい」

友樹はたわわな巨乳をわしづかみにした。重量感たっぷりの豊乳は、マシュマロ顔負けの柔和さに富んでいる。十本の指を嗜虐《しぎゃく》的に食いこませれば、苦もなく指が乳に沈んだ。

浅黒い指の間から、ふにゅりと乳肉がくびりだされる。荒々しくつかんだため、白い乳がひしゃげ、ふたつの乳首があらぬかたを向いている。

「くうぅ、希和子さん」

これが本能なのだろう。

揉まずにはいられなくなった友樹は、ネチネチと指を開閉させ、やわらかな乳房を心のおもむくまま揉みしだく。

……もにゅもにゅ。

「はあぁぁん。佐川さん、揉んで。揉んで、揉んでえぇっ」

「こ、こうでしょ。こうですよね」

……もにゅもにゅ。もにゅもにゅ、もにゅ。

「うあああ。あぁン、そう。乳首も。ねえ、乳首もォォン」

「ぬうっ」

……スリッ。

「うああああ」

乳房を揉みながらの激しいセックスに、未亡人はますます我を忘れて艶めかしくあえいだ。くなくなと身をよじり、男根を食いしめた膣粘膜をさらにしつこく亀頭と棹《さお》に擦りつける。

……スリッ、スリッ。

「あああ。うああああ」

友樹は指を伸ばして乳首をはじいた。

ビンビンに勃起した乳芽は、硬いような、それでいてどこかやわらかさも失わない女性の乳首独特の感触。

友樹の指を押し返しつつ、右へ左へとひしゃげて倒れる。

……くにゅう。

「あぁぁン。感じちゃう」

……くにゅう。ぷにゅう。

「うあああ。乳首いっぱい感じちゃうンン。気持ちいい。もうだめ。ずっと耐えてきたの、今日までずっと、ずっと、うあああ」

「うお。おおお……」

未亡人はさらに熱烈に、狂ったように腰をしゃくった。

うしろに引いた股間を、クイッ、クイッといやらしい動きで前に突きだす。

淫肉にあふれだす牝汁が、クチュッ、ヌヂュッと耳に心地よい粘着音を立て、泡立ちながら性器の接合部から押しだされてくる。

甘酸っぱい、柑橘《かんきつ》系のようなアロマが生暖かな湯気とともにひろがる。

(ああ、いやらしい)

とろんと両目を潤ませ、ひたすら腰をしゃくる未亡人の姿は、もうそれだけでエロチックだ。

やわらかそうなお腹《なか》に横線が刻まれ、肉がくびりだされる。

そんな腹の肉が、持ち主が腰をしゃくるたび、いやらしいふるえかたで何度もさざ波を走らせた。

また、乳房の暴れっぷりはそれ以上だ。上へ下へと惜しげもないひしゃげかたで房をはずませ、戻ってくるたびピチャピチャと乳の下の肌とぶつかって湿った音を立てる。

「ハアァン、佐川さん、もうだめ。イッちゃうかも。イッちゃうかもおお」

「うおお、ああ……」

希和子は女陰からペニスを抜いた。パンティを脱ぎすてると、友樹の上半身からも衣服をはぎとる。

もはやふたりして、すっぱだか。しかもいつしかふたりとも、素肌に汗をにじませている。未亡人と同様、友樹もそろそろ限界だった。

「おお、希和子さん」

「うあああ」

攻守ところを変えるかのように、今度は友樹が希和子を組みふせて挿入した。仰臥した熟女のおっぱいが、ハの字に流れて左右に分かれる。

未亡人のヴィーナスの丘には、ひかえめな秘毛が恥ずかしそうに茂っていた。牝肉の上、一カ所に集中するように、黒い縮れ毛が密集している。

陰毛も少し濡れて見えた。

「ひはああ。アアァン」

「はぁはぁ。はぁはぁはぁ」

――パンパンパン！　パンパンパンパン！

「うあああ。ああああああっ」

むっちりした両足をすくいあげ、未亡人の裸身をふたつ折りにした。発情する熟女に窮屈な体位を強要し、友樹は身体をビンと伸ばして、腰だけでなく全身を振り子のように使ってペニスの杵《きね》で子宮餅《もち》をつく。

――グヂョグヂョグヂョ！

「ひっはああ。気持ちいい。気持ちいい。うっあああ」

――ニチャグチョ、グヂュチュ！　グチュグチュグチュ！

「あああ。とろけちゃうンン。あああ。ああああああ」

体重をまるごと乗せたピストンのせいで、両足をV字にあげた未亡人の尻は、バレーボールのようにバウンドした。

「うああ。うあああ。うあああああ」

よほど気持ちがいいのだろう。本当に久しぶりなのだろう。

未亡人があげる嬌声は、聞くのがはばかられるほどとり乱していた。あんぐりと開けた口から唾液の飛沫《しぶき》を飛びちらせ、目からは随喜の涙を流す。

「あああ。佐川さん、奥気持ちいい。ああ、奥。奥、奥、奥ゥンン。ヒイイィ」

奥とはおそらく、ポルチオ性感帯のことだろう。

経験こそ豊富さとは縁遠い友樹ではあるものの、それぐらいのことは学生時代に勉強した。

肉体を開発された女性の最終兵器的な快楽スポット。大人の女だけが気持ちよさを享受できる、最高に快いこの世の天国。

夫を亡くして以来、ずっとがまんのしどおしだったろう。久しぶりのセックスで、三十八歳の未亡人は、ポルチオ責めの肉悦に文字どおり気が違ったような声をあげて狂乱する。

だが、気持ちいいのは友樹も同じだ。あっけなく、最後の瞬間はやってきた。

ぶわりと全身に鳥肌が立つ。亀頭の感度がさらに過敏さを増し、口の中いっぱいに大量の唾液が湧《わ》く。

(もうだめだ!)

「ヒイィ。気持ちいい。おおう。おおう。おおおおう」

「希和子さん、ああ、出る……」

「ハアァン、佐川さん、おおおおう。おっおおおおおおおっ!!」

——どぴゅっ! どぴゅどぴゅどぴゅどぴゅっ!

(ああ……)

オルガスムスの電撃に、友樹は脳天をたたき割られた。意識を白濁させ、全身を射精マシーンにする。

……ドクン、ドクン、ドクン。

二回、三回、四回。

臨界点を超えた極太は、音さえあげそうな雄々しさでくり返し何度も脈動した。そのたび大量の精液が、歓喜にむせぶポルチオに怒濤の勢いでたたきつけられる。いつしか友樹は未亡人の両脚を解放し、汗ばむ熟れ裸身に身体をかさねていた。

「おう。うおう。おう。おう。おおう」

「希和子さん……」

どうやら希和子も、いっしょに達したようだ。

覆いかぶさる友樹をふり飛ばさんがばかりの激しさで、聞いてはいけないように思える声をあげながら、エクスタシーの悦びに溺れている。

(よかったのかな、中になんて出しちゃって)

今ごろそんなことを思っても、あとの祭りだ。だが、次第に理性をとり戻しながら、ふと友樹は心配になる。

しかし希和子を見れば、熟女はどこまでも幸せそうだ。

「おう。おう。おおう」

滑稽《こっけい》にも思える切れぎれの声をほとばしらせ、なおもうっとりとした顔つきで何度もビクン、ビクビクと汗ばむ裸身を痙攣させた……。

「……やれやれ」

ふたりは知らなかった。

玄関の引き戸がそっと閉じられ、ひとりの人物が寒さに首をすくめながら闇《やみ》の中を遠ざかっていくことを。

「そりゃ……こうなるわのう」

その人は白い吐息を闇の中に漏らしながら、複雑そうな声で言った。

志津代だった。

この輿川集落に君臨する、長老的老女。その手には、差し入れとして持ってきた手作りの料理を包んだ風呂敷《ふろしき》と酒があった。

「こいつは……やはり、波乱はまぬがれられんか」

しわだらけの顔をしかめ、もの思いにふける顔つきになって老婆はつぶやいた。

「まあ、なるようにしかならんわな」

志津代はかぶりをふり、天を仰ぐ。

「それにしてもよく降るわい。もういい加減、春じゃぞ」

灰色の空からは、なおも白い雪がヒラヒラと舞い降りた。

だがこの塩梅《あんばい》なら、さほど積もることはないだろうと、志津代は乗ってきた車のドアを開けた。

第二章　道祖神の美女

1

翌日は、朝から快晴だった。

幸運なことに、雪はそれほど積もっていない。友樹は朝からフィールドワークのために外に出た。

「それにしてもまいったな、昨日は」

まぶしい陽射《ひざ》しに目を細めつつ、脳裏に去来するのは昨夜の熱いひとときだ。

興奮して薄桃色に染まった未亡人の柔肌を思いだすと、不覚にも股間がキュンとうずく。

あのあと友樹は、ぐったりした希和子を彼女の家まで送りとどけた。

悪天候で、しかも夜だったせいもあり、誰にも見られなかったのは幸運だった。

「さて、それじゃと」

心を落ちつかなくさせるピンクの記憶を、意志の力で脳の片隅に追いやった。

調査作業の再開だ。

この地を訪れる前にした下調べにしたがい、今日も各所をまわって集落に伝わる伝承などを取材しようとしていた。

辺鄙なところにある集落なら、どこにも大なり小なりおもしろい話があるものだが、この興川集落も例外ではない。

川の源泉となる土地であることから、水にまつわる伝承——龍神伝説や河童《かっぱ》伝説が古くから語りつがれてきたし、小豆とぎや、緑豊かな高地らしく天狗《てんぐ》の逸話もある。

また、青森や岩手には、猿や犬などの動物が年を重ねて怪異な能力を持つようになる経立《ふったつ》伝説なるものがあるが、この興川にも、似たような伝承があると聞いている。

ねぐらもしっかりと確保できたことだし、いよいよ本格的に調査をするぞと、友樹は気合を入れていた。

興川集落は、高低差のある狭隘な山間の土地。

ひょうたんのような形をした地形の中に田畑や森があり、そんな山の斜面のそここに人家が貼《は》りつくように点在している。

いちばんの名家らしい姫浦家は、もっとも見晴らしのよい高地にあった。そのさらに上にあるのは、集落の鎮守の森だけだ。

友樹が借り受けることになった古民家は、それとは反対側――集落の入口近くから上へとつづく一本道をはずれた森の中にあった。

ひょうたん形の地形の右半分の真ん中ほどを、近くに源泉を持つ大きな川が流れている。

そうした川沿いの土地にも人家は点在していたが、多くの住人は、ひょうたんの左半分の土地にいた。

ここまでの数日の間に、集落のおおよその地形や、どこになにがあるかなどはおおよそ把握してきている。今日は川沿いの伝承スポットをチェックしてまわろうと考えていたが、その前に、まずは氏神神社である。

あと一時間ほどしたら、一週間に一度行われるという神楽舞が奉納されるはず。巫女装束によそおった美少女がどんな舞を見せてくれるか興味があった。

友樹は集落のメインストリートとも言える一本道に出た。

「……うん？」

すると、集落の入口付近に女性がいる。

ひとりで黙々となにかをしていた。友樹は目を細め、女性を見る。

（あっ）

とくん。

思わず息を呑み、心臓をはずませた。

いや、息を呑むどころの騒ぎではない。正直、稲妻につらぬかれたような気持ちになる。

（きれいな人）

友樹は足を止めた。数メートル先の四つ辻《つじ》で、身をかがめてなにかをしている女性を見る。

思いだした。たしかあそこには、道祖神が祀《まつ》られていたのではなかったか。

道祖神は、集落と外界の境界に石像などの形で祀られる守り神。

外から災厄や疫病などの魔が集落に入ってこないようにと建てられたものとも、旅人の道中の安全を願って造像されたものとも言われている。

その女性は、道祖神の石を拭《ふ》いたり、供物を捧げたりしていた。

抜けるような快晴ではあるものの、空気はピリッとし、友樹もその女性も、吐く息はわずかに白い。

抜けるような肌の白さと、楚々《そそ》とした美しさが印象的な女性である。ホワイトのダウンジャケットにブルーのデニム姿だが、卵形の小顔の色は、ダウンジャケットの白さに負けていない。

ロングのストレートヘアは漆黒だった。濡れたようなその艶《つや》やかさも美女がかもしだす魅力におおいに貢献している。

年のころは、三十路をいくらかすぎたぐらいか。

落ちつきに満ちた挙措は、大人の女性らしい慎ましさと品のよさを感じさせる。

ひとえの目は切れ長で、雛人形《ひなにんぎょう》のようだ。鼻すじがすっととおり、端正な美貌に高貴な趣を付与している。

そのくせ健康的な朱唇はぽってりと肉厚だ。近寄りがたい美貌の大和撫子《やまとなでしこ》に、官能的な色香と親しみやすさをもたらしている。

すらりとスタイルのよい人である。

手も脚も長くて形もいい。そのうえ、いくらか肉感的なところも、正直友樹のタイプだった。

美人ばかりの興川集落だが、友樹の好みという意味では、この地で出逢《であ》った女性の中ではまちがいなくナンバーワンだ。

「あっ……」

（ま、まずい）

すると、女性がこちらに気づいた。無防備だった表情に、たちまち友樹を警戒する色がにじみだす。

無理はない。

めったによそ者など訪れてはこないだろう。自分が怪しい存在であることは百も承知だ。

「おはようございます」

胸を高鳴らせつつ、友樹はその人に近づいた。お願いだからそんなに警戒しないでと、満面の笑みとともに祈りながら。

「お、おはよう、ございます」

美女の返事はぎこちなかった。

本能的にであろうが、わずかにあとずさりさえする。

「すみません。怪しい者じゃありません」

友樹は両手を顔の前でふり、自分が何者であるかを語った。名をなのり、自分がどういう人物で、どうしてこの集落に来たか。そして今は、誰の世話でどこを根城にしているかも、あまさず話した。

「まあ、それじゃ、そこの家に」

さすがは姫浦家、あるいはおばば様、というべきか。その美女は、友樹が寝泊まりさせてもらっている古民家のことがすぐにわかった。

「そうなんです。おばば様には、いろいろとお世話になってしまって。あと、お孫さんの美緒ちゃんにも」

「そうですか……」

清楚な美女は相変わらずどこかぎくしゃくとしながらも、友樹の話に得心したように、小さく何度もうなずいた。そんななんでもない姿にも、気づけば惚《ほ》れぼれとしてしまっている友樹がいる。

（しっかりしろ）

昨夜のできごとのせいで、いくらか色ぼけになってしまったか。

いくらタイプとは言え、いつになくドギマギが激しい自分にあきれ、友樹は道祖神を話題にした。

「お世話をなさっていらっしゃるんですか、道祖神様」

笑って道祖神を見る。

夫婦らしき男女が対で掘られた、素朴な味わいの石像。きれいに洗われ、どこかで摘んできたらしき早春の花々までもが、供物とともに捧げられている。

「え、ええ。ときどき、ですけど」

美女は恥ずかしそうにうつむき、緊張した声で答えた。

「そうですか」

「…………」

「…………」

友樹はもともと、会話の上手なほうではない。

道祖神について、オタクな話でもしてみろと言われたらもちろんできるが、なぜだか気おくれしてしまい、そんな話にも持ちこめない。

「そ、それでは」

「はい、お気をつけて」

ぎくしゃくと会釈をすると、美女もほっとしたように会釈を返した。濡れたように輝くストレートの黒髪が、サラサラと背中を流れて美貌にかかる。

（おお……）

美女は色っぽいしぐさで、黒髪をととのえた。よく見れば指も細く、とても長くて、ピンクの爪《つめ》までもが妙に神々しい。

(なにをやっているんだ)

スマートさとはほど遠い自分にため息をつきそうになりながら、友樹はその場を離れ、一本道をのぼりはじめた。

少し歩いてふり返る。

美女は道祖神の前にしゃがみこみ、両手を合わせ、目を閉じて、なにごとかを一心に祈っていた。

とても絵になるその美しさに、友樹はまたしてもうっとりとした。

2

氏神神社は、興川集落のもっとも高いところにあった。

鬱蒼《うっそう》とした木立に囲まれた境内は、小なりとはいえ神聖な気に満ちている。いちだんとピリッと感じられた。

社の向かって右側は、少し行くと断崖《だんがい》のようになっている。そこははるか下方まで木々、また木々がつづいていた。

息を切らして到着すると、すでに神事ははじまっている。

拝殿の扉が正面、左右とも開けはなたれ、中の眺めが集まった人々に開放されている。

拝殿も本殿も古い建物ではあった。だが、外観も内部もきれいにととのえられている。

拝殿の奥に大きな祭壇があり、神鏡が見えた。正装のお囃子衆《はやし》が、横笛や鼓など、それぞれの楽器を重々しく奏でている。お囃子衆はどこでも男性の印象が強いが、この集落ではやはり全員が女性である。そんなお囃子衆の奏楽や歌にあわせ、目当ての美少女巫女が鈴をふり、おごそかに舞っている。

(きれいだ、美緒ちゃん)

友樹は美緒に視線を釘《くぎ》づけにした。

境内には十人前後が集まり、両手を合わせたりしながら、拝殿内で行われる神事を見つめていた。

人々がいっせいに注目しているのは、もちろん巫女装束姿によそおって舞う十七歳の少女である。

白衣《びゃくえ》に緋袴《ひばかま》。

その上から、神事用の千早《ちはや》という舞着をかさねている。千早には白い薄手の生地にうっすらと鶴の絵が描かれていた。

ほんのりと薄化粧をし、凜々しい顔つきで神に舞を捧げる乙女は、まさに手を合わせたくなる聖なるオーラをふりまいていた。

事前に聞いていた話では、この巫女舞神事は集落とそこで暮らす者たちの悠久の繁栄を祈願するもの。

平たく言えば、もっと男たちに寄りついてほしい、そしてこの地に暮らす女たちとたくさんの子をもうけ、結果的に集落の隆盛に寄与してほしいといったせつなる願いをこめて、神に捧げられている。

――美緒ちゃん、責任を感じるらしくって、いつも一所懸命神様に祈りを捧げてくれて。

昨夜希和子から聞いたないしょ話が脳裏に思いだされた。

――集落の女たちの良縁祈願を必死にやってくれるんですけど、なかなか効果が出ないって焦ってくれているみたいで。

（美緒ちゃん）

友樹は唇をかむ。

細い身体に人々の願いを背負い、それでも軽やかに舞う美少女を見ていると、胸を締めつけられる思いがする。

（……うん？）

友樹はふと、舞いつづける乙女から境内の人々に視線を移した。するとそれらの中に、つい眉《まゆ》をひそめたくなる男がいる。

（なんだ、あいつ）

友樹は思わず、男をじっと見た。

年齢は、三十代前半ぐらい。

すらりと背が高く細身で、顔立ちも悪くない。色白で、どこか歌舞伎の世界の御曹司《おんぞうし》を彷彿《ほうふつ》とさせる、色っぽさすら感じさせる。

だが同時に、男からはなんとも不気味な邪気めいたものも感じられた。

なによりも、目つきがいやらしい。みんなと同様、彼もまた舞を披露する美緒をじっと見つめているのだが、たとえるならば、今にも舌なめずりせんばかりの顔つきで、ねっとりと見ているのである。

（集落の男かな）

可能性としては、もちろんそうである確率が高い。失礼なことを言うようだが、そもそもよそ者が観光気分でふらりと訪れるような場所ではない。

だが、もしもそうだとしたら、神聖な巫女を前にして、この下卑た雰囲気はいったいなんだ。

薄気味悪ささえ、友樹は感じた。

その男は、友樹に見られているとも知らず、口もとに笑みすらたたえ、舐めまわすような目つきで、なおも美緒を追いかけた。

（ああ、友樹さん）

美緒は神への祈りを捧げつつ、自分の気持ちがいつになく乱れてしまうことにとまどい、いらだった。優雅に舞ってみせながらも、ついちらっと友樹のほうを見てしまう。

友樹はこちらではなく、境内につどう誰かのほうを注視している。

見られていなくてよかったと思った。目があったら、顔が熱くなってしまうかもしれない。

(ばかみたい。十歳以上も離れているのに)

美緒は自身に、なおも焦《じ》れる。

友樹が居候をしたのは、たった数日のことだった。

だが、そんなわずかの期間にもかかわらず、気づけば彼女は、学者肌のその男に惹《ひ》かれていた。

そんなばかなと思うものの、心はごまかせない。まさか同世代の少年ではなく、こんなにも年上の男性に心を乱されてしまうなんて。

(だめだよ、美緒)

美緒は自身に言う。

(あなた、巫女だよ。一生……一生、この集落の人たちのために、ひとりで生きてくって決めたんだよ)

千々に乱れそうな心をもてあまし、美緒は自分に言い聞かせた。こんなことでは神様に叱《しか》られると、神事に集中しようとする。

それでも――。

(あっ……)

美緒はまたしても友樹を見た。

今度は目があってしまう。

（ばか。ばか、ばか）

みるみる頬が熱を増した。

少女はそっと唇をかみ、心で神様に謝った。


巫女舞神事が終わった。

開放されていた拝殿の扉が、三方とももとに戻される。これから社の中では、非公開のさらなる神事がつづけられるという話である。

「なかなかやるよな、美緒ちゃん」

集落の人々とともに鎮守の森をあとにしながら、友樹はつぶやいた。

舞は見事なできばえで、ピンと張りつめた神聖な気の中に、彼女の敬虔《けいけん》な祈りを感じた。神事を見まもる人の中には、感激して涙を拭《ぬぐ》っている者もいたが、その気持ちもわかる気がした。

「さてと、それじゃこっちもがんばってフィールドワークを――」

「ちょっと」

自分も負けていられないと、神社の鳥居を出て発破をかけようとしたところだった。

とつぜん、うしろから誰かに声をかけられる。友樹はふり向き、眉をひそめた。会ったことのない女性である。

年のころは、これまた三十代半ば。スレンダーな肢体を持つその女性は、ずいぶんピリピリしている。

切れ長の両目が印象的な、クールな美女である。

ふつうにしていても、おそらくはいささか近寄りがたい雰囲気。それなのに、今はさらになにやら険悪な感じである。

「俺……わ、私ですか？」

周囲をたしかめたが、友樹しかいなかった。だが呼びとめられる理由がわからず、友樹はきょとんと女性を見る。

ナチュラルボブとでも言うのだろうか。ダークな栗色の髪が、その女性の魅力をいちだんとセクシーなものにしていた。すっと通った鼻すじに気の強さを感じさせるのが、もったいないと言えばもったいない。

「あなた、見ていたでしょ」

つかつかとこちらに寄ってくると、女性は怒気も露に抗議した。

「はっ？」

なにを言われているのか、皆目わからない。細身の女性は腰に両手をやり、胸を反らすようなポーズになる。羽織っていたコートの下から、服に包まれた胸部が強調される。

（わっ、大きい）

ようやく友樹は、女性がかなりの巨乳であることに気づいた。

だが、希和子ほどまではいかないだろう。

おそらくＦカップ、八十八センチ程度。しかしとてもスレンダーなので、それでもかなり大きく見えてしまう。

「見ていたでしょ」

もう一度、女性は言った。

きつそうなその目つきに、友樹はけおされる。

「あ、あの、なにをですか」

おそるおそる彼はたずねた。見ていたでしょもなにも、思いあたる節は皆無である。

「とぼけないで」

吐きすてるように、女性は言った。

いちだんといらだちを露にして彼を見る。

「いや、とぼけてなんか」

「私の胸よ」

「……はっ？」

友樹は虚をつかれた。

「胸……あっ」

反射的に胸を見てしまい、あわててあらぬかたに目を向ける。

「見てたでしょ、ジロジロと、境内で私の胸を」

「見てません！」

思いもよらない濡れ衣《ぎぬ》を着せられ、友樹は否定した。

美緒以外に注目した人物があるとしたら歌舞伎役者ふうの優男で、この人が境内にいたこと自体、自覚がない。

しかし、女性は許さない。

「このスケベ！」

——パッシィン！

「――っ、あたた……」

問答無用とばかりに頬を張られた。焼けるような熱さを感じてほっぺたを押さえれば、さらにヒリヒリと熱さが増す。

「軽く見ないでもらえる？」

ヒステリックな調子で、ナチュラルボブの女性は友樹に抗議をした。

「いや、あの――」

「この女はみんな欲求不満だとか思わないで！」

「あっ……」

いいわけをする猶予も与えてはもらえなかった。女性はプイと顔をそむけ、怒りを露にしたまま足早に神社を離れていく。

「なんだよ、いったい」

友樹は頬を押さえたまま、憤然とした。

誤解としか言いようのない理不尽な仕打ち。しかもこちらの話に耳を貸そうともしないのだから、いくら温厚な友樹でもムッとなる。

だが女性のうしろ姿は、みるみる小さくなっていく。

メインストリートを左に曲がり、川のあるほうの区域へと姿を消した。

3

「まいったな、朝っぱらから」

まだヒリヒリする頬をもてあましながら、友樹は集落を歩いた。

朝いちばんに道祖神の美女と出会ったときには、今日はいい一日になりそうな予感がしたが、勘違いだったようである。

「まあ、気にしないでいるしかないか」

両脇に森の木立がつづく、舗装もされていない細い道を歩きながら、友樹は気持ちを切りかえようとした。

どこに住む女性か知らないが、さわらぬ神に祟《たた》りなし。

ここにいる間はなるべく接触しないようにして、やりすごすしかないだろう。

「さてと、それじゃ、まず――おわわっ」

そのときだった。

とつぜん手首をつかまれ、すごい力で左に引っぱられる。

バランスを崩しかけた。

友樹は奇声をあげ、たたらを踏んで方向を変える。

「き、希和子さん」

驚いて目を見開いた。ひょっとして、ずっとあとをつけてきたのだろうか。いきなり背後から近づき、彼の手をとってかたわらの森へと引きずりこんだのは、誰あろう昨夜の未亡人だ。

「ああン、佐川さん、佐川さん、佐川さん、佐川さん」

集落の大気は、まだなおピリッと冷たいほど。それなのに、見れば希和子の美貌は熱でも出たかのように紅潮している。

「どうしたんですか、希和……わわっ」

「ハアァン。佐川さん、だめ、私だめなの」

「ええっ、だめって——」

「あれからずっと、だめなの。私、だめなのおお」

「わああ。ちょ、わあああ……」

不意に現れた未亡人は、最初からふつうではなかった。はっきり言えば、こんな時間なのに早くも発情している。

木立の奥深くまで、友樹を引っぱり、足を踏みいれた。樹齢を感じさせる大樹にまで来ると、友樹を幹に押しつける。許しも得ずに彼に抱きつき、もの狂おしく肉厚の朱唇をかさねてくる。

「──んむぅ。希和子、さ……」

「したいの。はぁはぁ……んっんっ。またしたい。佐川さん、ねえ、して」

「し、してって……んっ、んっ、おわっ……」

ピチャピチャ、ちゅうちゅぱと、淫靡《いんび》な粘着音が鬱蒼とした木立にひびいた。希和子は右へ左へと小顔をふり、性急としか言いようのないキスで友樹の口を吸い、熱い息を彼の顔に吐きかける。

「希和子さん、んおお……」

接吻の刺激に脳髄をしびれさせた、その一瞬の隙《すき》をつかれた。

未亡人は巧みな手つきで友樹のスラックスのベルトをはずす。驚くほどのすばやさで、下着ごとズボンをずるりと膝まで下ろしてしまう。

「うわわ、き、希和子さん……」

今朝の希和子はこれっぽっちも酔ってなどいなかった。それなのに、せつなさと淫らさを露にして求めるその姿は、昨夜とほとんど変わりがない。

「アアァン……」

「んんっ。うわあ……」

なおも友樹と接吻をしつつ、白魚の指にペニスをにぎった。

指の腹で、スリッ、スリッと亀頭をいやらしく擦りながら、リズミカルに陰茎をしごき、戦闘態勢にさせようとする。

「くぅ、希和子さん……」

昨夜の熱いひとときが、あらためて脳裏によみがえった。生々しい歓喜と快感は、どうやらまだ、熾火《おきび》のように自分の身体にも残っていたようだ。

（なんてこった）

「はぁはぁ……あン、勃ってきた。おっきいち×ちん。たくましいち×ちん。すごい。すごい、すごい、はぁはぁ……」

「おおお。希和子、さん、くはぁ……」

男に飢えた未亡人の淫戯は、昨夜と同様、今日も巧みだ。

緩急をつけたいやらしいしごきかた。棹だけでなく、指の輪をひろげてシュッシュと肉傘の縁まで擦られ、男根は浅ましくも、みるみる反り返っていく。

二十八年生きてきたが、こんなことははじめてだった。

二日つづけてこんな行為をするのもはじめてなら、焦げつくような思いで「したい」と思ったのもはじめて。

朝っぱらから発情するのも初体験である。

そう。友樹はしたくなってしまった。苦もなくペニスが勃起してしまったのは、未亡人の淫らなテクニックのせいばかりではない。

昨夜のとろけるような快感に、あっという間に身も心も支配され、ふたたびケダモノそのものの生殖の虜《とりこ》と化していた。

どうしてだろうと、心のどこかで友樹は思った。

名も知らぬ道祖神の美女や、勝ち気そうな張り手美女。けなげに舞を舞うウブであどけない十七歳の乙女——。

脳裏に次々と、さまざまな美女たちが去来しては消えていく。

よくはわからなかったが、なにかが変わってしまっていた。この集落に来るまでとは、なぜだかなにかが、確実に。

「アァン、佐川さん」

「うおお、希和子さん……」

未亡人はコートの下に、ロングのスカートをはいていた。

完全に勃起したと確信したのか。反り返る怒張から手を放すや、大樹の幹に両手をつき、うしろにヒップを突きだしてみせる。

「えっ……」

目があった。ねっとりとぬめるその両目は、言うに言えない未亡人の思いを伝える。

「くうぅ、希和子さん」

「ねえ、して。お願い、犯して」

希和子は懇願した。

「もう一度だけでいいの。もう一度だけ。お願いだからなにもかも忘れさせて。ねえ、ねええンン」

「ぬうう」

プリプリと、誘うように尻をふられた。

眼前でくねる豊満なヒップの眺めに、友樹は自分でも意外なほど昂《たかぶ》った。燃えあがるような怒濤の野性が、臓腑《ぞうふ》の奥からせりあがってくる。

「おお、希和子さん」

人が変わったような行為だと、誰に言われるまでもなく思った。だが友樹は、もはや自分を律しきれない。

希和子の背後で中腰になる。

彼女のロングスカートを腰の上まで豪快にたくしあげる。

「アッハァァン」

「うおっ。うおお……」

露になったのは、昨夜の花柄の下着とは一転。

男に見られることをいちだんと意識したことはまちがいない、シースルーのセクシーな下着だった。

いちおう色は黒ではあるが、すべてが透けてしまっている。

つまり、尻の谷間のアヌスも、もっとも恥ずかしい部分も、透けた下着の奥にバッチリと見えた。

「希和子さん、いやらしい」

友樹を刺激するために、こんな下着をはいてきたのかと思うと、興奮と同時に愛らしさもおぼえる。

パンティの縁に指をかけ、ずるっと尻をすべらせた。三角の下着はこよりのようにまるまり、むちむちした太ももの半分ほどまで下降する。

「アッハァン、佐川さん、あン、いやあ……」

　バレーボールを思わせる双臀にググッと指を食いこませた。

　乳でも揉むようにグニグニと揉めば、未亡人は鼻にかかった声をあげ、8の字を描くように、艶めかしくヒップをグラインドさせる。

　肉と脂肪がたっぷりと乗ったヒップは、揉み心地バツグンの触感。

　谷間を開いたり閉じたりしながらまさぐると、渓谷の底で鳶色の肛門がヒクヒクといやらしく開閉する。

（エロい）

　蟻《あり》の門渡《とわた》り越しに見える淫華も、やはり煽情《せんじょう》的だった。縦に裂けた牝口は、左右ふぞろいのビラビラした肉扉を飛びださせている。

　女陰はすでに、妖しくとろけはじめていた。

　牝唇は卑猥なワレメをくつろげ、わずかにのぞかせる粘膜からは、とろみを帯びた汁があふれている。

「はぁはぁ……こうですよね。こうしてほしいんですよね」

　もうがまんがならなかった。

　友樹は立ちあがり、反り返る極太を片手に持つ。足の位置をずらして態勢をととのえ、肥大した亀頭をぬめる膣口に押しあてるや――。

――ヌプヌプヌプゥ！

「ぎゃあああ」

一気に奥までつらぬけば、通せんぼでもするかのように、ヌメヌメした子宮に亀頭が食いこんだ。

もうそれだけで、希和子は最初のアクメに突きぬける。

喉からほとばしったのは、気が違ったような嬌声だった。昨夜から、連打連打で責めたてられているポルチオをまたしてもえぐられ、女に生まれた悦びを、こらえきれずに享受する。

4

「あう……あう、あう……あう……」

「希和子さん、おお……」

性器と性器がずっぽりと深くまで結合した。

我が物顔で最奥部までつらぬく友樹の亀頭に「いいの、いいの。これいいの」と媚《こ》びるかのように、未亡人の子宮が蠕動《ぜんどう》しては、何度もムギュムギュと甘締めする。

（気持ちいい）

そんな牝肉の品のないもてなしに、たまらず背すじを鳥肌が駆けあがった。ペニスが甘酸っぱくうずき、さらに強烈な快感を心ゆくまで堪能《たんのう》したくなる。

「そ、そら。こうでしょ。これがほしかったんでしょ。そらそらそら」

……バツン、バツン。

「ひはっ。うああ。うあああぁ」

むきだしにした股間を、未亡人の尻にたたきつけはじめた。外観からもわかったとおり、希和子の膣は奥の奥までたっぷりの愛液に満ちている。

ペニスのすべりは快適だ。奥深くまでグリリとえぐれば、ぬめる子宮が鈴口を締めつけ、腰の抜けそうな快美感をもたらす。

しびれる心地で腰を引けば、膣路の微細な凹凸に肉傘が擦れて、これまた快い。

挿《い》れても出しても、絶え間なく襲いかかる強い快感。

いやでも友樹は鼻息を荒くする。

「おお。希和子さん、これでしょ。ほら、はっきり言って。これなんでしょ」

……バツン、バツン、バツン。

「あああああ。こ、これ。これこれこれえ。あああああ」

しつこく返事を強要すると、希和子は髪をふり乱し、うわずった声で答えた。

「これなの。これこれ。あああ。これしてほしかった。朝になっても忘れられなかった。うああ。あああああ」

「希和子さん」

「もっとして。もっといっぱい奥までほじって。ねえ、ほじって、ほじって。たくましい、おっきいち×ちんでいっぱいほじってええ」

「ぬうう、たまらない！」

「ひはっ」

――パンパンパン！　パンパンパンパン！

「うあああ。気持ちいい。佐川さん、それたまらない。たまらないンン。ああああ」

友樹は熟女の腰をつかみ、狂ったような勢いで腰をふった。

バックからガツガツと突きあげられ、希和子はいちだんと歓喜のよがり声をうわずらせる。

おのれの悦びを伝えようとするかのように、ぬめる膣肉が激しい蠢動《しゅんどう》をくり返し、グニュグニュと陰茎を締めつけては解放した。未亡人は両手の爪で、目の前の木の皮をさかんにかきむしる。

友樹が容赦なく突きあげるせいで、どんどんつま先立ちになった。もちもちした白い両足が、小刻みに絶え間なくガクガクとふるえる。

（ああ、もうイク！）

爆発衝動はあっけなく肥大した。

亀頭がキュンと甘酸っぱくうずく。

煮たてられたザーメンが陰囊《いんのう》で沸騰した。肉門扉が勢いよく開き、濁流と化した精液がペニスの芯《しん》を上昇する。

「ンッヒイィ。気持ちいい。もうだめええ。イグッ。イグイグイグイグゥ！」

「おおお、出る……」

「うおおお。おおおおおおっ!!」

――どぴゅっ！　びゅるる！　どぴぴぴぴっ！

（ああ……）

またしてもふたりして絶頂に達した。しかも、昨夜射精のあとに気にかけたにもかかわらず、またしても中出し射精でフィニッシュをしてしまう。

やはり俺はどうかしてしまっていると、陰茎をドクン、ドクンと脈打たせながら友樹は思った。

「はうう……は、入って……くる……また……ンッアァ……佐川さん、の……温かい……精液……ハアァン……」

「はぁはぁ……希和子さん……」

希和子はビクビクと、熟れた身体を痙攣させながら友樹の射精を受けとめた。

今日もまた、幸せそうに天を仰ぎ、半分白目さえむいている。

射精はなかなか終わらなかった。

友樹の肉棒は何度も脈動し、こしらえたばかりのザーメンを、未亡人の膣奥にたっぷりとそそぎこんだ。

第三章　青い果実

1

「土砂崩れ、ですか」

思いがけない逸話を聞いたのは、それから二日後のことだった。

地味なフィールドワークの作業をしながら、姫浦家に立ちよった。

おとといも挨拶のために訪れたが、そのとき志津代から「また茶でも飲みに来い。聞きたいこともあるし」と誘われたのである。

「うむ。そうなんじゃ、土砂崩れ」

驚く友樹に、縁側で茶を飲みながら志津代は言った。

集落の見晴らしのよい場所。

ひときわ広大な敷地面積と、名家らしい歴史の長さを感じさせる豪奢《ごうしゃ》な屋敷を持つ姫浦家。

いったいいくつ部屋があるのか、泊めてもらったときは見当がつかず、唖然《あぜん》としたものだ。

今、友樹と志津代はそんな屋敷の南側。ポカポカと暖かな陽の射す、庭に面した縁側でお茶を飲んでいた。

「それは、いったいいつごろの……」

台風のせいで集落に土砂崩れが起き、たくさんの人家が崩壊したことがあると、たった今、友樹は志津代から聞いたのであった。

「そうじゃのう。わしが生まれる三十年ほど前じゃったらしいから、もう百年も昔の話になるか」

志津代は記憶をたどる顔つきになり、ズズッと茶をすすって答える。

「百年前……つまり、一九二〇年ごろ……大正時代ですかね」

「じゃな」

「でもってそのとき……村の守り神だった銅像も土砂とともに流されて、それっきり行方不明に……」

「うむ」

「ほう……」

これは興味深い話を聞いたと、胸躍る気持ちになった。仕事柄、こういうエピソードは大好物である。

「姫浦家が代々、集落の巫女や神官を輩出する由緒ある家柄であることは話したのう。おい、食べんか」

自分で用意した茶菓子を友樹にも与え、自らも口に放りこみながら志津代は言った。

「はい。あ、いただきます」

「うん……その失われた像も、歴代最高とたたえられた明治時代の巫女、つまりわしらのご先祖様への感謝の気持ちとともに、氏神様の境内に建立された銅像だったそうじゃ」

志津代はそう言って、件《くだん》の巫女について友樹に説明をした。

いわく、強烈な霊験のある巫女で、神々とも話ができると言われていた……。

いわく、祈禱《きとう》の腕前も超一流。その巫女が権勢をふるった時代には、集落の人口が三倍近くにもなるほどふくれあがり、男たちの平均寿命も延びた……。

「そのご先祖様が亡くなってからも霊験はつづいて、集落は栄華をきわめた。ところが、銅像が土砂崩れで行方知れずになってからというもの……」

「一転して……」

「ああ。坂道を転げ落ちるように人が減り、男たちもまた、えらく短命になってしまった……」

咀嚼した菓子を、すすった茶とともに老婆は喉の奥へと流しこんだ。

「……恐ろしい話ですね。鳥肌が立ちそう」

モシャモシャと菓子を食べつつ、友樹は二の腕をさすった。気味の悪い話ではあるが、同時に彼はわくわくもする。

これが業なのかもしれない。

「じゃあ、集落の今の状態は、もしかしたらその像の……」

「祟りなのかもしれぬのう。ちっとも探しだしてくれぬ子孫と集落の者たちのふがいなさにいきどおって」

「…………」

ため息をつく志津代を、友樹はじっと見た。

もちろん集落の人々も必死に努力したのだが、結局いくら探しても、銅像は姿を現さなかった。

そしていつしかその像は、伝説の像になったのだという。

（これはひょっとして、呪《のろ》いの……像……）

心の中で言葉にすると、またしても背すじにゾクッと来た。

おもしろい話を聞いたと、伝承好きとしては舌なめずりしたくなる気持ちになりながら、友樹は神妙な面持ちで、何度もうんうんとうなずいた。

2

「それはそうと、結局、おばば様の話ってなんだったんだろうな」

姫浦家を辞し、氏神様にお参りをしようと、友樹は坂をのぼった。姫浦家と神社は、徒歩五分もかからない距離にある。

聞きたいこともあるからまた来いとおばばに言われて立ちよったのであった。

ところがこちらからその件について問いただすと……。

——うん？　まあ……また今度でよいわ、その話は。

お茶をにごされ、そのままになった。

結局つかの間の茶飲み話は、銅像の件以外は、友樹の質問におばばが答える形で終わった。

友樹がたずねたのは、二日前に神社で見かけた優男のことである。

「やっぱり御曹司だったとはね……」

志津代から聞いた話を思いだし、友樹は苦笑した。

男の名は吉川悟《よしかわさとる》、三十二歳。

興川集落から徒歩で一時間とちょっとかかる隣村の村長の息子で、近ごろよく集落に姿を現すようになっていた。

その目的はズバリ――ほぼ女だけの集落と言っていいこの興川を吸収合併し、自分たちの支配下に置こうともくろんでいるのだと言う。

友樹は「はあ!?」と驚いた。

だが、どうも事実のようである。

隣村は人口の数も興川集落とは比べものにならないほど多く、生活の便も格段に良好だ。

美緒が通う高校もこの村にあり、また生活物資の買いだしや通院などで、隣村に出かける住人も少なくない。

ところが、それらの交流はあくまでも「生活レベル」の話だった。

歴史的に、興川集落と隣村は長いこと折り合いが悪く、現実問題、集落の女が嫁に行くことはほとんどない。

もちろん、隣村の男がこの集落に婿に来ることも。

聞けば江戸時代の昔から、両者はそんなゆがんだ関係にある犬猿の仲であると言う。

だが、いわゆる「いい女」の数にかけては、興川集落のほうが圧倒的に上だった。隣村の男たちは興川の女に執着するも、ゆがんだ長い歴史もあり、双方の男女がひとつに結ばれることはなかなか難しかった。

そんななか、興川集落を合併して自分たちの支配下に置こうと動きはじめたのが、吉川だという。

これもみんな興川集落のためだとか、不幸な歴史に終止符を打って新しい時代をきずこうだとか、耳あたりのよい理由を口にはするものの、おばばによれば要するに、集落の女たちを自分らの好き勝手にできるようにしたいのだろうということである。

それほどまでに、隣村の男たちは男たちで「いい女」に飢えていた。

だが言うまでもなく、集落としては隣村への吸収合併などという屈辱は断じて受け入れられないというのが、おばばの気持ちだ。

わしの目の黒いうちは絶対にとまで、志津代は言った。

「聞いてみると、いろいろあるね……」

坂をのぼりながら、友樹はつぶやく。

道の脇にはときどき、もはやどんな仏が刻まれていたのかもわからないような古い石仏があった。

そのいずれにも、花が飾られたり供物が捧げられたりしていた。

(信心深い人の多い集落だなあ。いや、それとも……)

脳裏に、道祖神のところで出逢った美女が思いだされた。

「……えっ」

そのときだった。

あれこれ考えていた友樹はハッと彼方《かなた》を見る。坂の上には氏神神社の鳥居が見えた。その鳥居から、ひとりの女性が飛びだしてくる。

「……美緒ちゃん?」

目を凝らした。まちがいなく美緒である。

ダウンジャケットに、膝丈の愛らしいスカート姿。鳥居から飛びだすと、美少女は社を右手に曲がって駆けていく。

「なにがあったんだ……はっ？」

心配になり、足を速めようとした友樹は動きを止めた。見れば鳥居から、つづいて若い男が飛びだしてくる。

「……吉川？」

どう見ても、それは隣村の村長の息子だった。先日、境内でニヤニヤと舌なめずりせんばかりに美緒を見ていた吉川の姿がよみがえった。

「どうしたって言うんだ」

自分とは関係ないことかもしれない。だが見てしまった以上、知らん顔はできなかった。

友樹は坂道を、猛ダッシュで駆けだした。

神社の手前はT字路になり、鳥居の左右に道が延びていた。右側には小さな駐車場のスペースがあり、国産高級車がとまっている。集落の人間の持ちものでは、たぶんない。吉川のものだろうと友樹は思った。

「くっ……」

角を曲がり、ふたりが消えたほうへと駆ける。

（あっ）

間一髪のタイミングだった。神社をとりかこむ広大な森の中に、手を引っぱられた美緒が姿を消そうとする、その瞬間を友樹は見た。

(おい！　おいおいおいおい！)

どう考えても、尋常な状況とは思えない。

胸に兆した不安がますますどす黒さを増すのを感じながら、人気のない道を駆け、さらにふたりに近づいた。

「ちょ……なにするんですか！」

すると、木立の奥から美緒のものらしい声が聞こえる。

(美緒ちゃん)

友樹はますます浮き足だった。

いったいなにごとかとなかばパニックになりながら、通りをはずれ、声を追って森の中に入っていく。

地面は整地などされていない。生え茂る雑草に足をとられそうになりつつ、友樹は美緒と吉川の姿を求めて、奥へ、奥へ——。

(あっ！)

「きゃっ、やめて……やめてください！」

とうとう友樹は発見した。

神社の外縁を俗世界から庇護《ひご》するように存在する広大な森。鬱蒼と木々が生え、枝葉の天井で薄暗くなったそこで、吉川はむりやり、美緒にキスを迫っている。

(み、美緒ちゃん)

「いいじゃないか。もう十七歳なんだ。おまえだって、こういうことにほんとは興味津々だろ」

「きゃあ。放して。放してって言ってるの」

大樹の幹に背中を押しつけられていた。

覆いかぶさるように美緒に身体を密着させた吉川は、あらがう少女の両手をつかみ、強引に万歳の格好にさせる。

自分の口を美緒の朱唇に強制的にかさねようとしては、そのたび少女に顔をふられ、なかなか思うにまかせない。

「おい。おとなしくしろ。俺とおまえが結婚すれば、いちばん話は早いんだ。あんな、効くのかどうかもわからない踊りでなんとかしようとするより、俺といっしょになれば、村のたくさんの女が幸せになれるぞ。みんな、男がほしくてもやせがまんをしてるんだろうが」

「そ、そんな……そんなことない！　誰が、あんたみたいな気持ちの悪い男と」

「素直になれよ」

「きゃあああ」

いやがって暴れる美緒に焦れ、吉川は少女の白い首すじに接吻した。そのとたん、美緒はさらに嫌悪に満ちた、悲愴《ひそう》な叫び声をあげる。

「や、やめろ！」

これ以上、傍観者ではいられなかった。友樹は怒声をあげ、隠れていた木陰から勢いよく飛びだした。

3

「えっ」

ギョッとして、吉川がこちらを見る。

友樹はにぎり拳《こぶし》をギュッと固めた。人を殴るだなんて、生まれてはじめてのことである。

「うおおおっ！」

「ぶほおおおっ」

「きゃあああ」

怒りと勢いに身をまかせ、とにもかくにも吉川に襲いかかった。

ブンッと拳を思いきりふれば、幸運にも固めた拳が吉川の頬をえぐる。

奇襲を受けた吉川は、ものの見事にパンチを決められ、雑草だらけの地面に転がった。

「佐川さん!?」

現れたのが友樹だとわかり、美緒もまた目を見開いて驚愕《きょうがく》した。両手で口を覆い、大樹に背中を押しつけるようにして固まる。頭も身体もフリーズしてしまい、どうしたらいいのかわからなくなっているのかもしれない。

「行こう」

友樹は美少女の手首をつかんだ。

ガラス細工を思わせる、壊れもののような繊細さ。今にも折れてしまいそうで、そのことにも友樹は不意をつかれる思いになる。

「佐川さん」

「早く。ほら」

美緒はまだなお、頭と身体をつなぐ回路がしっかりとつながっていないかに思えた。なおも全身を硬くしてとまどう少女を強引に引っぱって、ここから離れようとする。

「あぁん……」

「急いで。さあ」

美緒は足もとをふらつかせ、友樹にしたがった。

だがこうして見ると、ずいぶん奥まで来ていたようだ。森の出口をしめす明かりは、けっこう遠くにある。

「きさまああっ」

(えっ)

そのときだった。

背後から野獣のような声をあげ、吉川が友樹に躍りかかる。

――バズゥンッ!

「ぐああっ」

「きゃああ、佐川さん」

後頭部に重い衝撃を感じ、友樹は地面に倒れこんだ。

かすむ両目で吉川を見れば、その手には、水気を吸って重さを増した太い枯れ枝がにぎられている。

「てめえ、どこのどいつだ。興川の人間じゃねえなっ」

吉川は友樹の顔をたしかめ、さらに怒りを増幅させた。

(頭が……)

反転攻勢に打って出たい気持ちはあった。

だが悲しいかな、軽い脳震盪《のうしんとう》でも起こしたのか、世界が二重になり、バランス感覚も完全におかしい。

「このやろおおおっ」

吉川は枯れ枝を両手でふりかぶり、渾身《こんしん》の力でたたきつけてくる。

――バシィン！

「ぐわああっ」

「きゃああ、やめて、やめてよう」

「るせえ。すっこんでろ」

「きゃあああ」

美緒が悲鳴をあげ、吉川を止めようと背後から彼に抱きついた。

しかし吉川は、怒りに我を忘れている。

すがる美少女をふりほどくと、美緒は勢いあまって近くの樹木に頭を打ちつける。背中から地面に転倒した。

「ああ……」

「み、美緒――」

「すっこんでろ、てめえはっ」

――バシッ!

「ぐあああ」

キレた吉川は、不気味な狂気をむきだしにした。

全力で太い枯れ枝をふりかぶり、薪《まき》でも割ろうとするかのようなふりおろしかたで友樹を殴打する。

――バッシイィン!

「んああ……」

友樹は全身を胎児のようにまるめ、両手で頭部を防御した。まるくした背中や肩、頭をカバーしようとする手に、焼けるような痛みを感じる。

――ビシッ！　ビッシイイィ！

「んぐうぅ……」

頭を防御したつもりだったが、知らずしらず隙ができていたようだ。痛恨の一発を頭部に食らい、友樹はさらに意識を混濁させる。

（やばい……）

頭がクラクラし、どんなに目をしばたたいても視界がかすんだ。気絶してしまうかもと絶望的な気持ちになりながら、友樹は美緒の身を案じる。

こんなところで意識を失ってしまっては、美緒がどうされるかわからない。

（ああ、美緒ちゃん）

「きゃあああぁ」

そのとき、遠くから女性の悲鳴がした。

（えっ……）

しびれる頭をもてあましながら、そちらを見る。

誰かが森の入口に立って叫んでいた。

逆光のようになっていて誰なのかわからなかったが、その女性はもう一度、大声をあげた。

「こっちです。お願い、来てください。早く、早く」

女性は遠くに向かって叫び、あわてた様子で手招きをした。

「ちっ！」

吉川は忌々しげに舌打ちをし、枯れ枝を放りだして逃走する。悲鳴をあげる女性とは反対方向にわたわたと駆け、森の奥へと消えていく。

すると、叫んでいた女性がこちらに駆けてきた。

誰かにＳＯＳを求めたのは、ブラフだったのか。

彼女以外、誰も加勢には現れない。友樹の視界は、残念ながらいまだにかすんでいた。だが、それでも――。

（あっ）

ハッとした。もしかしてこの人は、道祖神のところで偶然会った、あの和風美女ではあるまいか。

「大丈夫ですか!?」

やはりそうだった。楚々とした雛人形のような美貌。その女性は表情をこわばらせ、心配そうに友樹のかたわらに膝立ちになる。

「は、はい。あっ……」

命に別状はないとすかさず判断したか。美女は、友樹が答えるより早く彼のそばを離れ、今度は美緒に駆けよった。

しかも——。

「み、美緒、美緒！」

美少女のことを呼びすてにする。

心配そうに抱きおこし、乙女の上半身をささえて、なおも「美緒、美緒」と名前を呼んだ。

美緒が答える。

「……お姉ちゃん」

あまりの意外さに、友樹は言葉もなかった。

なおも混濁する頭をもてあましたまま、険しい顔つきで美緒を抱きとめる、美しいその人のことをじっと見た。

4

「ごめんね、私のせいで……」

大丈夫だからと何度も固辞したが、美緒は家まで送ると言って聞かなかった。古民家に戻ると布団を敷いて友樹を寝かせ、殴られたところの手当までしてくれる。救急用の薬品は、ここに戻る途中、美緒が姫浦家から拝借した。

「いや、こちらこそ。悪いね……て言うか、俺、メチャメチャかっこ悪い」

「ううん。そんな」

手当を終えると、美緒は落ちこむ友樹にかぶりをふった。枕もとに座り、救急用品の片づけをしながら、うつむいて口もとをほころばせる。

「かっこよかったよ、佐川さん」

「お世辞はいいって」

「お世辞じゃないよ。うれしかった、私を守ろうとしてくれて」

「守れたのかなあ……いてて……」

「だ、大丈夫？」

「あはは。かっこわり……」

自虐的に友樹は言い、痛みに顔をしかめた。

こういう痛みは時間が経ってからのほうがさらにきつさを増してくる。明日は起きあがれないのではと、大切な時間をロスしてしまうことに暗澹《あんたん》たる思いになる。

美緒によれば、このところしつこく吉川に言いよられるようになっていたらしい。心配をかけてはいけないと、おばばに報告はしていなかったが、それをいいことに、吉川のアプローチは日に日にエスカレートしていたようだ。

（それにしても……）

友樹は思った。

（まさか姉妹だったとは、美緒ちゃんと……真帆《まほ》さんが）

あの和風美女の名が真帆であることは、つい先ほど知ったばかり。

古民家に戻ってくるまでに、友樹は美緒の口からいろいろと、真帆のことについて聞いたのであった。

片瀬《かたせ》真帆。

実の姉妹である美緒とは十五歳も年が離れていて、現在三十二歳。

つまり真帆が長女で、美緒は次女だった。本来なら、長女である真帆が跡取りとして巫女を継ぐはずだったようだ。

実際に若い時分は、真帆はずっと巫女として活動し、見事な霊験で集落の農作物のできを例年以上によくしたり、病気に苦しむ老人の症状を緩和させることもあったと言う。

祖母である志津代も集落のみなも、村の新たな守護神となる巫女、真帆に期待をよせた。

ところが真帆は十八歳のとき、中学時代に担任教師だった男性と交際していることを明らかにした。

男は真帆より二十歳も年上だった。

大騒ぎになった。真帆が高校を卒業してすぐとまだ若かったため、おばばはふたりの交際に猛烈に反対した。

だが、いつだって祖母には従順だったおとなしい長女が、そのときばかりは逆らった。

駆け落ち同然に集落を飛びだし、よその町で所帯を持った。しかしふたりの幸福は、永遠にはつづかなかった。すべてを投げうっていっしょになった夫が、病気でこの世を去った。

真帆が二十九歳のとき。

今から三年前のことである。

縁を切られたはずのおばばから「戻ってこい」と言われた。真帆は恥を忍んで、集落に戻った。集落のみなからは腫《は》れものあつかいされたが、姫浦家が所有する古民家のひとつをあてがわれ、それからはひっそりと、世捨て人のようにそこで暮らした。

今さら、巫女には戻れなかった。

十代のころは湧き出る泉のようにあったという巫女としての霊力も、すでに失われていた。

そんな姉の代わりにあとを継いだのが美緒だった。

高い霊能力で集落に数々の恩恵をもたらした姉が結婚と同時に力を失ったことを志津代から聞かされた美緒は、自分は結婚はせず、生涯を集落の巫女として捧げることを幼くして誓った。

そんな妹のせつない決意を志津代を通じて知った真帆は、美緒への申しわけなさもあり、ずっと妹とはぎくしゃくしたまま、今日まで暮らしてきたのだそうである。

真帆は、まじめな女性だった。

集落には希和子のように男に飢え、熟れた身体をもてあます女も当たり前のようにいるが、三年前に夫を看とったあとはずっと慎ましく生活を送り、今でも自宅の仏前で、日々亡き夫を偲《しの》びつづけている。

早世した夫は社会科の教師。

特に歴史好きで、考古学、民俗学も大好きだったらしく、聞けば真帆もまた、そうした分野にはことのほか強い興味を抱いていた。

友樹は美緒の口からそんな話を聞かされ、ますます真帆に好感を持ってしまう自分に気づいた。

もっとも話を聞くかぎり、自分なんかの出る幕は、どう転がってもなさそうだったが。


「——えっ。ど、どうした、美緒ちゃん」

ぼんやりと真帆を思いだしていた彼はギョッとした。

いったいどういうつもりなのか。とつぜん美緒がかけ布団をあげ、彼の横にすべりこんでくる。

「ぺたっ……なんちゃって。えへへ」

「み、美緒ちゃん」

甘えるように、かたわらからスレンダーな肢体を密着させた。

ニットの長袖Tシャツに、膝丈のスカート姿。カジュアルな私服姿の美緒は、どこにでもいる十七歳の女子高生だ。

ただ、その美貌は決して「どこにでもいる」というレベルではなかったが。

そんな美少女に、媚びたしぐさで身体をくっつけられ、友樹は浮きたった。ちょっと甘ったるい、果実のようなアロマが初々しい肢体から香ってくる。

「あの、美緒――」

「お姉ちゃんが気になる？」

「――はっ!?」

美緒の問いかけに、さらに仰天した。

思わずかたわらの美少女を見れば、美緒はキラキラと輝く美麗な瞳で、じっと友樹の顔を見る。

「な、なにを言っているの。なんのことなのか、俺にはさっぱり」

「ほんと？」

いつになく真剣な思いをこめた問いにも聞こえた。友樹はうろたえ「あは。あはは」と間抜けな笑い声をあげる。

実際に、ずっと真帆のことを考えていただけにばつが悪かった。心の底をのぞかれているような気持ちになり、冷や汗が出る。

「あ、当たり前でしょ。まったく、なに言ってるんだか、きみは。どうしてそんなことを言うんだろう。あはは」

「じゃあ……」

笑ってごまかすと、美緒は言った。

「こうしても怒らない？」

「――えっ……わっ！」

友樹はすっとんきょうな声をあげた。

いきなり美緒が彼の手をとり、自らの意志で彼女の乳房にぷにゅっと押しつけたのである。

「美緒ちゃん、なにをするの」

友樹はあわてて手を引っこめた。

しかし、美緒も負けていない。もう一度友樹の手をとると、一度目以上の強さで、彼の指を自分のおっぱいに押しつける。

……ぷにゅう。

「――っ。み、美緒――」

「わかってる。こんなことしちゃいけないの。おばばに怒られるって、言われなくてもわかってる。でも……」

訴えるように言うその声は、友樹の知るいつもの快活な美緒ではなかった。

駄々っ子のように細い身体を揺さぶり、みるみるその目にせつない思いを露にする。

5

「美緒ちゃん」

「ずるいよ、お姉ちゃんばっかり」

「――っ。あ……」

友樹は虚をつかれた。

凛々しさを感じさせる美緒の両目から、涙がぶわりとあふれだす。

とつぜんの豹変《ひょうへん》だった。それともこのあどけない娘は、ずっとこんな本音を隠して、友樹の手当をしてくれていたのか。

「美緒ちゃ――」

「お姉ちゃんの代わりに巫女になった」

「えっ……」

「一生。一生ひとりで生きるって決めた。それなのに……お姉ちゃんは……佐川さんまで……」

「――っ!?」

どうやら美緒には、ばれていたようだ。いったいどこで気がつかれてしまったのか。いや、だがちょっと待ってと友樹は思う。

いいだろう。自分が真帆にひとめ惚れとも言える思いを抱いてしまったことは認めよう。

こんなことは生まれてはじめてではあるが、真帆が気になる存在になってしまったことはまちがいない。

だがそれは、あくまでも友樹ひとりの気持ち。両思いでもなんでもない。

それなのに、美緒のこの反応はいささか大げさではないだろうか。

それともひょっとして、この娘はこの程度のことでも嫉妬《しっと》するほど友樹という男に――。

（えっ）

そこまで考えて、友樹はハッとした。あらためて美緒を見る。

「み、美緒、ちゃん……？」

冗談だろうと、食い入るようにその目を見た。こんな愛くるしい、ひとまわり近くも年下の子が、自分なんかを好きになってくれたというのか。

「ねえ、おっぱい、揉ませてあげる」

美緒は泣きはじめた。

ボロボロと、その目から涙をあふれさせつつ、揉んで揉んでとでも言うかのように、胸に押しつけた友樹の手に白魚の指をかさねてグイグイと押す。

「うおお、ちょ、ちょっと……」

「えぐっ、ひぐっ……揉ませてあげるって言ってるの」

美緒は情緒不安定に思えた。しゃくりあげ、鼻をすすり、なにかを懸命に伝えようとする目つきでこちらを見る。

（ま、まずいよ、これ）

友樹は胸を打たれる思いになりつつ、同時に激しく狼狽《ろうばい》した。

十七歳の美少女の胸をまさぐるなどという、信じられない行為に身をゆだねている。

押しつけられる乳房は、まさにつぼみのような初々しさ。

スレンダーな身体によくあったひかえめな美乳は、ほどよいやわらかさとこの年ごろの少女らしい生硬さを感じさせた。

いいのか、こんなことをしてと友樹はとまどう。

自分なんかにそんな思いをよせてくれるこの娘の気持ちは、むしろこちらが泣きたくなるほどうれしいが、これは犯罪行為ではないのか。

相手から求められたのなら許されるのか。合意のうえなら大丈夫なのか。いや、ちょっと待てと友樹は思う——そんなことはどうでもいい。たとえ美緒から誘われたにせよ、やはりこんなことをしてはいけない。

なぜならば、友樹ははっきりと自覚してしまっていた。この先どうなるかはわからないが、自分には心にかかる人ができていた。

「待って、美緒ちゃん。まずいよ」

脳裏によみがえる真帆の美貌に胸を締めつけられながら、友樹は美緒にやめさせようとした。しかし美緒も、それなりの覚悟とともに、捨て身の行動に打って出ていた。

「まずいってなに。私のこと、嫌い？」

しゃくりあげながら、駄々っ子になって友樹に言う。

「そうじゃないけど」

「じゃあ、揉んで。揉ませてあげるって言ってるの。こんなかわいい女の子のおっぱいを揉めるんだよ。幸せ者だよ、佐川さん。ねえ、ねえ」

「ああ……」

……もにゅもにゅ。もにゅもにゅ、もにゅ。

（ま、まずい。まずいまずいまずい！）

手の甲にかさねられた白魚の指が開閉するたび、意志とは関係なく、浅黒い指がニットとブラジャー越しに美緒の乳を揉みしだいた。

おそらく、Cカップぐらいだろうか。

バストサイズは、八十センチ前後に思える。

集落の女たちの大迫力の量感に比べたら、青い果実以外のなにものでもない小ぶりな乳房。

だがその破壊力は、揉んだものにしかわからない。

片瀬真帆という未亡人に恋してしまったと自覚したにもかかわらず、もにゅもにゅと、揉めば揉むほど空恐ろしいほどの欲望が肥大してくる。

（まずいぞ、ああ、俺！）

「ハアァン、ねえ、私、魅力ない？」

「美緒ちゃん……」

えぐえぐと泣きながらみずみずしさいっぱいの少女は聞いた。

（もうだめ……もうだめだ！）

舞を舞う、巫女装束姿の美緒の姿が思いだされる。股間がさらにキュンとうずき、肉棒に一気に血液が集まってくる。

「これでも人気あるんだよ、私。男の子に、告白だっていっぱいされてる」

「み、美緒ちゃん……はぁはぁ……」

「でも、誰に告白されても断った。それなのに佐川さんは……こんな……こんなかわいい女の子が、おっぱい揉んでいいって言ってやっているのに――」

「ああ、美緒ちゃん！」

「きゃあああ」

ついに友樹は暴発した。身体中、痛いはずなのに、そんなことさえ気にならなくなっている。

獰猛な動きで美緒に覆いかぶさった。

息づまる気持ちになりながらニットのTシャツの裾《すそ》をつかみ、一気に鎖骨までたくしあげ、ブラジャーをまるだしにさせる。

ブラジャーは純白だった。清潔感あふれるまぶしいほどの白さを見せつけるが、それは美緒の美肌も同様だ。

へそのくぼみが愛らしかった。肉の薄い、やわらかそうな腹が、盛んにふくらんだりもとに戻ったりをくり返す。

フレッシュとしか言いようのない健康的な肌は、わずかに紅潮してじとっとした湿りを帯びはじめている。

「はうう、佐川さん……」

「もう、だめだ。美緒ちゃんみたいなかわいい子にこんなことをされたら、俺みたいな情けない男……がまんできないよ」

「あああ」

Tシャツにつづいて、今度はブラジャーを荒々しく引きあげた。

まるまった服に押しつけるように白いブラカップをずらせば、甘い匂いを放ちつつ、可憐《かれん》な美乳が姿を現す。

「おお、美緒ちゃん、たまらない」

「ヒイィン」

伏せたお椀《わん》を思わせる、形のいいおっぱいだ。

白い乳肌はきめ細やか。ふっくらと盛りあがるその内部に、かすかに血管が見える眺めにも生々しくセクシーなものがある。

新雪を思わせる色をした乳の頂に、桜色をした乳輪が乳首を勃たせて鎮座していた。乳首は意外に大ぶりだ。早摘みのサクランボを思わせるまんまるな乳首が、キュッとしまって飛びだしている。

友樹は自分のふがいなさに嫌悪をおぼえつつも、愛らしい十七歳の魅力に負けた。両手でわっしと乳房をつかみ、今度は直接揉みしだく。

……もにゅ。もにゅもにゅ、もにゅ。

「アアン、やっ……いや、は、恥ずかしい……アハァン……」

美緒は、さらに頬を真っ赤に染め、右へ左へと小顔をふった。

やはり、こんなおっぱいを揉んでしまっては心にも身体にも毒である。やわらかさと生硬さが同居した女子高生のおっぱいは、明らかに大人の女性のそれとは違った。

やわらかいと言っても、もともとそこまでやわらかくはない。

そのうえ、揉めば揉むほどさらに張りを増し、この年ごろの少女の乳房とはこのような硬めの感触なのだなと新鮮な気持ちにさせられる。

6

「美緒ちゃん……」

……れろん。

「きゃん」

乳房をまさぐれば、とうぜん吸ったり舐めたりもしたくなってくる。

うしろめたさをおぼえつつも、友樹はなおも乳を揉み、片房の頂を舌でいきなり舐めあげた。

美緒は、感じやすい身体のようだ。

乳首を軽く舌で転がされただけで、驚いたようなかわいい声をあげ、ビクンとその身を痙攣させる。

「はぁはぁ……感じるの？　敏感なんだね。んっんっ……」

……ねろん。

「きゃん」

……れろん。ねろ、ちゅ。

「ひゃああ。ちょ……は、恥ずかしい。いや、待って……」

「待たない。もう無理だよ。ああ、美緒ちゃん」

「キャヒィン」

ちょっと責めただけなのにおもしろいほど感じてもらえれば、責めるこちらはますます興が乗ってしまう。

友樹はさらに鼻息を荒くした。もう一方の乳首も同じように舐め、コロコロと舌で転がしたり、わざと下品な音を立て、もの狂おしく吸いたてたりする。

……ちゅうちゅば、ぶちゅ！

「アアン、い、いやン。恥ずかしい……いやあぁ……」

……ぶちゅぶちゅ！　ちゅば、ピチャ、ぢゅぶっ！

「ヒイイ、や、やめてよう、恥ずかしい……待って……待って待って。あああ」

「はぁはぁ。はぁはぁはぁ」

やはりけっこう過敏な体質だ。しかも本人も、自分がそんな身体の持ち主であることを、まったく知らなかったように思える。

（興奮する）

思わぬ秘密をこっそりと共有したような淫靡な悦びに、友樹は陶然とした。

凛々しい巫女様がじつは敏感体質だったなんて、なんとそそられることだろう。

（あっ……）

不意に、真帆のことを思いだした。

美緒の実姉。同じＤＮＡでつながっている。

では、真帆はどうなのだ。あの清楚な未亡人もまた、夜の閨《ねや》ではこんなふうに、昼間の顔とは裏腹な敏感な体質で夜ごと夫を悦ばせたのか。

そして今はそんな身体をもてあまし、未亡人としての人生を、つらさを押し隠して生きているのか。

（ばか、なにをくだらないことを）

想像の翼がたくましさを増し、妄想の大空へとさらに羽ばたきそうになったことに、友樹はあわてた。

こんなときに品のない妄想をしてしまうとは、美緒にも真帆にも失礼以外のなにものでもない。

けようとする。

「美緒ちゃん、はぁはぁ……」

意外な姿を見せる無垢《むく》な乙女に、いやしい情欲を刺激された。

友樹はますます理性を失い、いよいよ美少女の究極の恥部に、責めの矛先を向けようとする。

かけ布団を思いきりはぎ、美緒のスカートをたくしあげた。

「きゃああ、あ、あの――」

露になったのは、ブラジャーと同様、まぶしいほどに穢《けが》れのない純白のパンティだ。

すらりと伸びやかな肢体を持つ、スレンダーな少女。

無駄な肉などどこをどう探してもないように見えたが、スカートから現れた長い脚は、不意をつかれるむっちり感をたたえていた。

たしかに美しい脚ではあるのだが、この年ごろの少女らしい健康美とでも言ったらいいか、ピチピチした魔力にも富んでいる。

思いがけない量感に富んだ太もも、ふかしたての肉まんのようにふっくらと盛りあがるヴィーナスの丘。

友樹はさらに息苦しさがつのる。

「美緒ちゃん、ああ、俺もう」

友樹は声をふるわせ、訴えるように少女に言った。

美緒の真横へと位置を変える。

有無を言わせぬすばやさで、純白のパンティ越しに、美緒の恥部に指を押しあてる。

「きゃああ」

少女はけたたましい声をあげた。この日いちばんの激しさで、ビクンと身体をふるわせる。

「美緒ちゃん、こんなことをしてもいいんだよね」

……スリスリ。スリスリ、スリッ。

「ああ。あああああ」

下着の上からワレメのあたりを、上へ下へとねちっこく擦った。

クリトリスらしい小さな突起を指に感じる。

擦りたおすように少し力を入れてそこをあやせば、美緒は「あっ、ああ、ああっ」と艶めかしい声をあげ、ますますいやいやとかぶりをふる。

やはりそうとう感じるようだ。ぷっくりとした突起を擦るたび、布団の上で派手に痙攣する。

そんな自分をもてあましているらしいことはまちがいない。

ちらっと友樹と目があえば、可憐な美貌をいちだんと紅潮させて、困惑したようになる。

「い、いや。やっぱり、いや……恥ずかしいよう」

「美緒ちゃん……？」

……スリスリ、スリスリスリッ。

「いや、いやいやいやいやっ」

「っ……」

美緒は感じながらも、友樹の責めをいやがるようなそぶりも見せはじめた。

身体をくっつける彼を細い腕で押し返し、見られまいとでもしているかのように、真っ赤になった顔をあらぬかたにそむける。

「やっぱり……やっぱり、だめ。恥ずかしい、恥ずかしい」

「あの、美緒——」

「ごめんなさい。やっぱり、いや！」

「あっ……」

思いがけず、強い力でどんと押された。おそらく演技ではない本気の反応に、友樹は思わずバランスを崩す。

美緒は布団から飛びおきると、そそくさと帰りじたくをはじめた。

「あの、美緒ちゃん」

その気にさせられながら、これからというところで中断されて、友樹はとまどう。ジャージのズボンの下では陰茎が、すでにビンビンになっていた。

「ご、ごめんなさい。わがままだってわかってる。でも……ごめんなさい！」

「あっ……」

美緒はぎくしゃくと言うと、荷物を持って土間に駆けおりた。急いで靴をはき、玄関に駆けよると引き戸を開けて飛びだしていく。

「……なにをやっているんだ」

ひとりきりになると、友樹は美緒にではなく自身への怒りをおぼえた。してしまったことに、最前以上に嫌悪をおぼえる。

ため息をつきながら、布団に仰向《あおむ》けになった。血液を集めてパンパンになっていた陰茎が、みるみるしおしおと力をなくした。

「どうしたんじゃ」

志津代は、帰ってきた美緒を見て、そう声をかけた。

それほどまでに、今日の孫娘はいつもと雰囲気が違う。

「あっ、ううん……なんでもない」

「っ……」

美緒は作り笑顔で言うと、逃げるように祖母を離れた。小走りに、自分の部屋に遠ざかっていく。

「…………」

志津代は立ちつくし、そんな美緒のうしろ姿を見た。

「……なるようにしか……やはりならんか」

自分に言い聞かせるように、どんよりとした声でつぶやいた。

第四章　白い巨乳

1

土砂崩れの痕跡《こんせき》は、現在の集落はほぼとどめていない。

神社も人家もとっくの昔に復旧し、なにごともなかったかのように、集落は新たな歴史をかさねつづけている。

それは百年前の台風で、たくさんの土砂が流れこんだ神社のかたわらの斜面も同様だ。

断崖のようになっていて、はるか彼方まで見おろすかぎり、木々、また木々がつづいている。

「復興を果たした場所には、どこにも銅像はなかったそうです。そうなると、可能性があるのはこのあたり。当日の土砂の流れをシミュレーションしても、たぶんまちがいないんですけど、それでも現在まで見つかっていません」

鈴を転がすような声で言うのは、美緒の姉の真帆である。

友樹は今、真帆とふたり、切りたった崖《がけ》を見あげる鬱蒼とした森の中にいた。

崖の上には、少し行くと鎮守の森がある。

斜面は急だ。たくさんの木々が天に向かってそびえ立つ急勾配の森林が、どこまでも無限にひろがっている。

「なるほど、そうですか……」

真帆とふたり、ふだんは人が立ち入ることもない森に立って周囲を見まわしながら、友樹は真帆に答えてうなずいた。

大正時代に集落を襲った台風のときにはたくさんの土砂が流れこんだという急勾配の森も、百年も経ってしまえばその痕跡はないに等しい。

背の高い木々の枝葉のせいで、地面までとどく日光はいかにも細かった。落ち葉や折れた枝、木がはがれて落ちたぼろぼろの樹皮などが堆積する湿った地に、まだら模様を作って揺らめいている。

(それにしても、まさかこんな展開になるなんて……)

友樹は真帆の説明を聞きつつ、ついしみじみとした。

「…………」

気づかれないよう、未亡人の横顔を見る。失われた銅像について説明する真帆は、なんだかとてもいきいきとして見えた。

——その像のことなら、うちの孫娘に聞けばよい。上の孫じゃ。

おばばを訪ね、またいろいろと話しこんだ友樹は、志津代の口からそんなことを聞き、暗に真帆を紹介されたのだった。

本当は美緒のそのあとの様子が知りたくて、がまんできずに姫浦の屋敷を訪ねたのだが、おばばの話を聞くかぎり、変わった様子はないという。

いつもと同じ快活さで高校生活を送り、巫女の仕事にも精を出しているという話だった。

もちろん、友樹との間に起きた一件についても、志津代の耳には入っていなかった。

友樹はほっとしながらも、なおも美緒の心中をおもんぱかって罪悪感に苦しんだ。

今にして思えば、あんなふうに途中で逃げられて正解だった。ケダモノじみた情動にかられ、最後まで突きすすんでしまったほうが、抱く苦しみは大きかっただろう。

その結果、真帆ともこんなふうに会うことは、もしかしたら難しくなっていたかもしれない。

(真帆さん……)

土砂崩れと銅像について知っていることを夢中になって語る真帆にうなずきつつ、おばばから聞いた話を思いだす。

聞けば真帆は、集落に戻って以来、ときどきひとりで急斜面の森に分け入り、像を探すことをたびたびしてきたという。

真帆が最初に像に興味を持ったのは、巫女としてがんばっていたころ。志津代の口から聞かされ、なんとか探しだすことはできないかと考えるようになったらしい。

そんな彼女にいろいろと知識を与えたり、ともに活動をしたりするようになったのが、のちに夫となる中学時代の恩師だった。

考古学や民俗学などにも造詣の深い彼は守り神のような像を見つけだすことの重要さを真帆に教え、ときにはふたりでここに分け入り、像の捜索に精を出すこともあったと言う。

もっともそんな活動は、ふたりが駆け落ちをすると同時に中断され、以後ふたりしてこの森に来ることは一度もなかったようだ。

「私は、記録に残っている土砂崩れ当日の土砂の流れやこの森の地形を考えると、このルートというか、このあたりが怪しいとずっと思ってきたんですけどね」

決して良好とは言いがたい足場を慎重に進んで移動しながら、真帆は言う。

枯れ枝がポキリと折れる音や湿った枯れ葉が立てる音が、ふたりぶん、かさなってひびく。

「なるほど……」

真帆が両手をひろげてしめす範囲をたしかめ、友樹はうなずいた。百年前、土砂が押し流した跡地には、すでに新たな樹木が天に向かって競いあうように枝葉をひろげている。

だが真帆の説明によれば、そのあたりは台風前とは地形が一変してしまった場所で、かつてはちょっとした窪《くぼ》地《ち》になっていた。

そこに大量の土砂が流れこんだため、地形が変わった歴史を持っている。つまり、崖の上から押し流されたさまざまなものが、地中深く眠っている可能性がもっとも高い場所なのだ。

「それで、このあたりを中心に、ずっと銅像探しを……」

「ええ。私みたいになんの技術もない女じゃ、そう簡単には見つけられませんけど」

「そんな……」

「でも」

自虐的に言う真帆にあわてて反論しようとした。すると真帆は、すかさず言葉をつづける。

「もしも神像が見つかったら、私が生きている意味も少しはあるかなって」

「真帆さん……」

真帆は弱々しく微笑んで言った。

目があうと、恥ずかしそうにあわててそらし、何度も目をしばたたいて、さらに言葉をつむぐ。

「お聞きになりました？　私のこと、おばば……祖母から……」

「えっ。あ、えっと……なんのことだろう」

真剣な表情で見つめられ、ついドギマギした。

「…………」

「…………」

「まあ、その、たぶん……だいたいのことは」

「私が自分勝手で、わがままな女だということも？」

「あ……いや、真帆さ――」

「勝手なんです。おばばにも申しわけないことをしましたし、美緒にもずっと顔向けできない」

「…………」

うつむいて、自分を責めるように真帆は言った。ちらっとこちらを見て、恥ずかしそうに微笑する。

「だからせめて、自分にできることだけでも、しっかりとしたくて」

「真帆さん……」

友樹はすでに、この集落のそここにある石仏にお供えをしているのは真帆であることをおばばから聞かされていた。

なるほど。

だからこの人は、誰に頼まれたわけでもないのに、村の入口を守る道祖神をはじめとした石仏たちに祈りを捧げていたのかと友樹は思う。

「自分がしてしまったことを考えたら、そんな程度ではぜんぜんだめなんですけど」

「そ、そんな」

自分を責めるように言う真帆に、友樹はかぶりをふって答えた。

「すみません。こんな話……」

真帆は楚々とした美貌を困ったようにしかめ、ぺこりと友樹に頭を下げた。

間をもてあましたように、斜面の上のほうをじっと見た。

「だからせめて、自分にできることだけでも、しっかりとしたくて」

(私ったら、なにをひとりでペラペラと……)

真帆は、いつになく多弁な自分にうろたえ、嫌悪をおぼえた。

もともと自分のことはそんなに好きではない。自分のように罰当たりな女などめとってしまったから、愛する夫も早くにあの世に旅立ってしまったのではないかという罪の意識も、自身への評価をいちだんと厳しいものにしている。

もともと、口数の多いほうではなかった。人が変わったようにしゃべったのは、亡き夫の前だけでだった。

そんな自分のはずなのに、今日は妙に饒舌《じょうぜつ》である。

聞かれてもいないことまで自ら進んで話題にし、しかも恥ずかしいけれど、緊張して背中にはうっすらと汗までかいている。

「自分がしてしまったことを考えたら、こんなことではぜんぜんだめなんですけど」

「そ、そんな」

（――っ。私……やっぱり、佐川さんを……）

やさしく真帆を否定する友樹に甘酸っぱい気持ちになった。

だが、いたたまれなさもますますつのる。

認めたくはないが、首肯せざるをえなかった。相手がこの男性だから、今日の自分はやはりよくしゃべるのだ。

ひとつは、まちがいなく緊張のせい。

そしてもうひとつの理由は、まだよくは知らないこの男性の中に、自分が愛した亡き夫と同じ匂いを感じるから。

つまり――真帆は友樹を、柄にもなく意識してしまっていた。こんな気持ちには、もう二度とならないだろうと思っていたのに。

道祖神のところで言葉を交わしたときから、惹かれるものを感じていた。

かつて多感な時期に、はじめて教室で亡き夫に教壇で自己紹介をされたときの、あのときめきにもよく似ていた。

本能が、なにかを見つけて浮きたった。

道祖神前での邂逅《かいこう》のあと、集落のそこここで友樹の姿を目にとめた。民俗学に詳しく、興川集落の伝承を取材するためにしばらく滞在することになったのだと、ときどき家を訪ねてくれるおばばの口から聞いた。

夢中になってなにかを観察したり、スマートフォンで写真を撮ったり、手帳になにごとか書きつけている友樹を見るたび、心が落ちつかない気分になった。

友樹の向こうで、亡き夫が笑っていた。

(は、恥ずかしい……)

「すみません。こんな話……」

真帆は友樹に頭を下げ、斜面の上をじっと見た。

どうしてよいのかわからなかったからだ。

だがそれでも居心地の悪さは拭えず、反射的に移動して場所を変えようとした。

「きゃっ」

そのとたん、真帆の喉から悲鳴が漏れる。

なんと無様なと思った。生い茂る雑草に足をとられ、バランスを崩して転びそうになった。

友樹は驚いた。

真帆の悲鳴が森の中にひびく。

「危ない！」

見れば未亡人が下生えに足をとられ、転倒しそうになっている。

反射的に身体が動いた。

はじかれたように駆けだし、万歳の格好でつっぷしそうになる未亡人に飛びかかる。

背後から、両手をまわして抱きすくめた。間一髪のところで、真帆が倒れこむのを防ぐ。

「はうう……すみません……」

まだなお友樹はうしろから抱きついたままだった。身体を密着させたままの彼に、恥じらいに染まった声をふるわせて真帆は言う。

「いえ。危なかったですね」

「は、はい……あの……」

「えっ？」

すんでのところで転倒を防げたことに安堵《あんど》して、友樹はやれやれと思っていた。ところがなぜだか、真帆は困ったような声をあげる。

「…………」

「…………」

「あっ！」

ようやく気づいた。

誓って言おう。これはやましい考えから、偶然をよそおってしたことでは決してない。

だが、真偽はどうあれ、友樹の両手は背後からがっつりと、真帆のたわわなおっぱいをふたつともわしづかみにしてしまっている。

「す、すみません！」

友樹は真帆に体勢を立て直させると、急いで彼女の乳から手を放した。うしろも見ずに飛びのいて、未亡人から距離をとる。

「いえ……すみません。助かりました……」

「は、はあ。どうも、すみません！」

「いえ、そんな……」

真帆は懸命になんでもないふりをしようとした。

着ていたダウンジャケットやスカート、乱れた髪をととのえ、微笑を作ろうとするものの、やはりどうしてもぎくしゃくしている。

(最悪だ)

恥ずかしさのあまり、真帆の顔を見ることができなかった。

友樹はかゆくもない頭をかき、未亡人と距離をとって、もう一度確認でもしているかのように、鬱蒼とした急斜面の木立をきょときょとと見た。

十本の指に、とてつもなくやわらかで量感あふれるおっぱいの感触が生々しく残る。

思いだすな、思いだすなと、友樹は真帆に気づかれぬよう、ついヒラヒラと水気でも切るように両手をふった。

「ちっ……偶然みたいなふりしやがって。ほんとは最初から、真帆の乳を揉む気満々だったんじゃねえのか」

ふたりは気づかなかった。

友樹たちから距離をとり、離れたところからふたりの様子をじっとうかがう男がいる。

吉川だ。

忌々しげに舌打ちをし、憎しみに満ちた目で友樹をにらむと、今度はその目を真帆に向けた。

「……昔からエロい女だったけど、こうして見ると、やっぱこいつもますますいい女になってるよな」

敵意を露にしてゆがめていた口もとが、ついゆるんで白い歯すらこぼれる。

ねっとりと真帆を見る目には、尻あがりに淫靡なものが色濃くなる。

ほんのりと朱色に染まった、大和撫子そのものの美貌。ぽってりと肉厚の朱唇に、ついピクンと股間がうずく。

ダウンジャケットの胸もとを押しのけ、存在を誇示するように盛りあがる巨乳にもそそられた。あの男が事故をよそおってわしづかみにしたくなるのも、理のとうぜんというものだ。

「……真帆なら、まあいいか」

熟女を遠目で値踏みし、吉川はニンマリと口の端をつりあげた。

美緒の件については、父親から厳重注意を受けてしまった。志津代が父に猛抗議をしてきたらしい。

未成年をむりやりものにしようとしたことは、やはり失敗だった。だが姉の真帆なら、多少強引でも問題はあるまい。

「なにしろ、もう中古の女だしな。真帆だって、あんな顔して本当は男がほしくてたまらないかもしれないしよ。クククク……」

吉川はそうつぶやき、さらに熱くなる股間をどうすることもできないまま、なおもねっとりと三十二歳の未亡人を見つめつづけた。

2

「俺としたことが、なんてことを……」

集落の石像の掃除などをしてから帰ると言う真帆と別れ、ひとりとぼとぼと川沿いの細い道を友樹は歩いた。

思いだすまいとしても、両の手のひらが忘れてくれない。

とろけるような柔和さと、文字どおり両手にあまる量感の乳房の感触が、まだなお友樹を心ならずも悶々《もんもん》とさせた。

「さあ、そんなことより、仕事、仕事……」

集落を流れる川は、キラキラと陽光を反射してきらめいていた。

都会ではお目にかかれない澄んだ川の見事さは、暮らしの不便さのおまけつきではあるものの、この集落の大きな宝だと友樹は思う。

これから空のてっぺんまでのぼろうとしている太陽が、暖かな陽射しを燦々《さんさん》と降りそそがせている。

「河童伝説とか、あると聞いてきたんだけどな」

友樹は暇を見つけては、巫女の像以外の対象とも真剣に向きあいつづけていた。

さまざまな伝説を持つ集落の水辺に関する取材も、この地を訪れた大切な仕事。

川沿いの人家を一軒一軒訪ねては、その家に先祖から受けつがれる伝承について時間をかけて取材していた。

「あっ……」

ただ、この家だけはやめておいたほうがよいという家もある。

のどかな川沿いに建つ、古い二階建ての日本家屋。柿の木らしきものもある広々とした庭で、ひとりの女性が洗いものを干していた。

宮里文恵《みやざとふみえ》、三十五歳。

先日、神社で友樹に平手打ちを食わせた勝ち気な女性。

友樹に見られているとも思わず、慣れた手つきでてきぱきと、物干し竿にシーツを干している。

志津代などに話を聞き、友樹はすでに文恵についても情報を得ていた。

現在はひとり暮らしだが、彼女にもかつては夫がいた。

だが、やはり病気で夫を亡くしている。

結婚生活は、わずか三年ほどだったそう。独り身のまま暮らすようになって、はや五年が過ぎていた。

「あの性格じゃだんなさんも大変だったんじゃ……ってなにを偉そうなことを」

友樹は反省する。

偉そうなことをのたまえる身分ではまったくなかった。いかんいかんと自分を律しつつ、文恵の家の前をそそくさと通過する。

少し歩けば、まだ取材に訪れていない家が一軒あった。

そこには老婆がひとりで暮らしている。

まだ耳にしていない村の伝承が聞ける可能性があるのではと、友樹は心を浮きたたせた。

「ちょっと」

すると、とつぜんうしろから不機嫌そうな声で呼びとめられた。

友樹はビクッとし、思わず固まる。

耳におぼえのある声。顔を見なくても、誰だかわかる。彼女に張られた頬が、ヒリヒリと痛みをぶり返すような心地になる。

「は、はい」

ふり向けば、両手を腰に当てた文恵が立っていた。先日神社で対したときと同じ、不機嫌さをまるだしにした顔つきだ。

「ちょっと入って」

「……はっ？」

「いいから」

文恵はピリピリした態度で、友樹の返事も待たず、ふたたび家の敷地に消える。

友樹は途方にくれ、どうしたものかととまどった。

だが、入れと言われたのにしらばっくれて逃げるわけにもいかない。

子どもではないのである。

「いやな予感しかしないんですけど……」

どんよりとした気分になりつつも、意を決した。

宮里家の敷地に入ると、文恵は玄関の引き戸を開け、中に入っていくところである。

(神様、仏様)

なんの用があるのか知らないが、暴力だけは勘弁願いたい。

そもそも、どういう理由で友樹を家に招じいれようとしているのかわからないのも不気味でもある。

「し、失礼します」

三和土《たたき》に入り、引き戸を閉めて奥に声をかけた。

壁ぎわに置かれた棚の上には、どこかの土地の七福神めぐりででも集めたらしき御朱印の書かれた色紙や、さまざまな縁起物が飾られている。

玄関から奥まで長い廊下がつづいていた。パッと見た印象では、なにやら雑然としている感じがする。

「すみません」

左右にいくつかの部屋があった。

だが、声をかけても返事がない。

「あの」

「入って」

もう一度声をかけると、ひとつの部屋から文恵の声がした。相変わらず、けんもほろろという感じの声だ。

(はあ……)

思わずため息をつきながら、靴を脱いであがった。板敷きの廊下を進み、文恵を見つけようとする。

「えっと……あの……どちらでしょう」

声をかけつつ、廊下を進む。

しかし、返事はない。

友樹は眉をひそめ、もう一度聞いた。

「あの、すみま——わわっ」

誰かに二の腕をつかまれた。

強い力で引っぱられ、部屋の中に入れられる。畳敷きの部屋。掃きだし窓に厚手のカーテンが引かれている。

友樹を部屋に入れた人物は、すかさず襖《ふすま》をぴしゃりと閉めた。

まだ、お昼にもなっていない。

一日ははじまったばかりだというのに、この部屋だけは別の時間が流れているかのごとく、淫靡な薄闇に包まれる。

彼を部屋へといざなったのは、もちろん文恵である。

「えっ、文恵さん!?」

しかも見れば、熟女はいつの間にか下着姿になっている。

三十代半ばのスレンダーな肢体。薄暗い闇の中でも、いや、薄暗い闇の中だからこそ、色の白さがよく目立った。

切れ長の両目がキラキラと輝いている。ナチュラルボブの髪が、ふわふわと踊るように揺れていた。

細身の身体につけているのは、なんの変哲もないベージュの下着。だが逆に、そんな自然体の半裸姿に不意をつかれた。

Ｆカップ、八十八センチ程度はあるだろう見事なおっぱいが、ベージュ色のブラカップの中でユサユサと揺れている。

友樹は動転した。

「えっと……あの――」

――パッシイィン！

（ええっ）

またしても、闇の中で頬を張られた。前回と同じ部分に焼けつくような痛みをおぼえる。

「なにをするんですか」

さすがに怒りを感じた。未亡人がいったいなにを考えているのか、さっぱりわからない。

「ねえ、ひどいことして」

すると、文恵は挑発するようにささやき声で言った。

「……はあ!?」

友樹はきょとんとする。

――パアァアン！

「――っ。あたた……」

今度は反対の頬に平手が飛んだ。

「ちょ……あんた、いい加減に……わああっ」

さらに怒りをおぼえて抗議をしようとすると、いきなり足を払われ、畳に転がされた。

文恵は押し入れに駆けよると扉を開け、すばやく布団を畳の上に投げるように敷く。

「ちょ、ちょっと……文恵さん、わわっ」

布団の上に引っぱられた。もつれあうように倒れこみ、仰臥する未亡人の上に覆いかぶさる体勢になる。

「怒りなさいよ」

なおも挑発するように文恵は言い、両手でパシパシと友樹の左右の頬を平手打ちした。

しかも、本気モードの強い力だ。

「わたっ……ちょ……ちょっと。あたた……!?」

文恵の理不尽な行動に、痛みよりも怒りがうわまわった。両手で熟女の細い手首をつかみ、平手打ちをするのをやめさせる。

「あんた、いい加減に――」

「怒ったでしょ。だったら、ひどいことして」

「さっきから、いったいなにを――」

「ひどいことしてよ。女にこんなことをされて、頭に来るでしょ。お返しに、あなたもひどいことしなさいよ」

「ええっ……あっ――」

――パッシイィン！

（こ、この女……！）

虚をつかれ、力のゆるんだ隙をつかれ、片手をふりほどかれた。文恵は有無を言わせぬすばやさで、もう一度友樹の頰を張る。

（ふざけるな）

友樹はカッとなった。

落ちつけと思おうとするものの、あまりに理不尽な挑発の連続に、度しがたい怒りがこみあげる。

反射的に、たわわな乳房を両方ともつかんだ。

「きゃあああ」

（ううっ……？）

向こうっ気の強い未亡人は、意外にもかわいい声をあげて身をすくめる。

たちまち友樹は理性をとり戻しそうになった。荒々しくつかんでいた乳房から手を放し、おのれの蛮行を悔いそうになる。

「やめないで。ばか、どうしてやめるのよ」

そんな友樹に、文恵はいらだった。またしても頬を張ろうとしたため、友樹はその手をギュッとつかむ。

「文恵さん……」

「やめるな、ばか。ひどいことしてって言ってるの。恥、かかせないで。お願いだから、虐《いじ》めてよ。なにもかも忘れられるぐらい、メチャメチャにしてよ！」

「くっ……」

「わかったか、ばかあ」

――パッシイィン！

「くうぅ……！」

未亡人の反対の手が伸び、本気の力で頭をたたかれた。

なんだこの気持ちはと、友樹は思う。

怒りからはとまどいが、痛みからは嗜虐心が、自分ではどうしようもないほど肥大する。

「こ、こうか。こうされたいのか」

これほどまでに複雑怪奇な気持ちで女の人とこうした行為に突入するのは、生まれてはじめてだ。

友樹は許しも得ず、ブラカップの下に指をすべらせると、鎖骨まで乱暴にブラジャーを引きあげた。

——ブルルルンッ！

「きゃあああ」

たゆんたゆんとおもしろいほど揺れながら、見事な美巨乳が露になる。マスクメロンを思わせる色白の乳が左右別々に、重たげに房をはずませる。

乳の頂をいろどるのは、淡い鳶色をした乳輪と乳首。乳輪はほどよい大きさで、セクシーな円を描いている。

中央に鎮座する乳首は、すでにビンビンにしこり勃っていた。

こんな展開にもかかわらず、この人がすでにかなり発情しはじめていることを、ふたつの乳首は艶めかしく伝えている。

3

「虐められたいんだね。そうだよね、虐められてもしかたのないこと、さんざん俺にしたしね」

「うあああぁ」

自分でも意外なほどの野性が臓腑の奥から湧きだした。

過去に口にしたおぼえのない攻撃的な言葉を使い、熟女のまるだしの乳房に十本の指を食いこませる。

……ぷにゅう。

「ヒイィン。い、虐めて。ひどいことして。でも……誰にも言わないで！」

(文恵さん)

「いいだろう。虐めてやるよ。悪いのはあんただ」

心の底から、本気でそう思っているのかと言えばちょっと違った。だが友樹は表面上、どす黒い怒気をにじませた態度と声音で文恵に言う。

「あああ。あああああ」

乱暴に、豊満な乳をグニグニと揉んだ。

わかっている。女性のおっぱいは、こんなふうに揉みしだくものでは決してない。その人への愛と敬意、出逢えたことへの感謝の気持ちをこめ、いとおしさを全開にしてまさぐるものだ。

「い、痛い……痛い。んあぁあ」

「はぁはぁ。はぁはぁはぁ」

だが友樹は、サディスティックに文恵の乳を揉んだ。

白い乳房にギリギリと指を食いこませれば、ひしゃげた乳肉が指の間からひしゃげて飛びだす。

あらぬかたに乳首が向いた。そこに勢いよくむしゃぶりつき、嗜虐心も露に、れろれろ、ねろねろと、舐めたり吸ったり、舌で執拗《しつよう》に転がしたりする。

そんな責めを、左右の乳に交互にしつこくくり返した。

……れろれろ。ねろねろ、ねろ。

「ヒイィン、痛い……痛いわ、ああああ」

……ちゅう、れろ、ぶちゅぷ！　れろれろ、ねろ。

「痛い、痛いィン。うあああぁ」

（文恵さん）

友樹は不思議な気分だった。

痛い、痛いと文句を言いながらも、文恵の態度にはどこか友樹に媚びたような、形容しがたいものが感じられる。

不本意な痛みすら、もしかしたら快感なのか。よく理解できないが、それでも本能的に、友樹は感じるものがあった――この人は男にひどいことをされて悦ぶ、鬱屈した性癖の持ち主ではないのか。

（つまり……ドＭ？）

「ハアァン、痛い……痛いンンン」

「い、痛くされたってしかたないだろう。そら、こんなこともしてやるよ」

それはちょっとした冒険だった。とまどいながらも、文恵の片房に平手打ちのお返しをお見舞いする。

……ピチャッ。

「キャヒイィン」

（ええっ？）

文恵の反応は小気味よいほど派手だった。乳房をたたく生々しい音がするや、それをはるかにうわまわる声が薄闇にひびく。

「文恵さ――」

「い、痛い。痛いィンン。ぶたないで。痛くしちゃいやああ」

(演技だ)

基本的にいつも鈍感な友樹だが、それぐらいはわかった。ここまでのなりゆきと、たった今、乳を張られて未亡人があげたエロチックな声を聞けば、もはや疑う余地はない。

この人は、まちがいなくマゾだ。

(おおお……)

確信した友樹は、自分自身にも困惑した。

先刻までよりさらに強い嗜虐心が、夏雲さながらに湧きあがる。自分の中にひそんでいた男の野性が、吠え声をあげて覚醒《かくせい》する。

(やってやる)

あらためて意を決した。組みしいたこの人を、こうなったら徹底的に虐め、辱めてやると。

「痛くしちゃいやだって？　はぁはぁ……そのわりには、エロい声をあげるじゃないか、奥さん！」

――パチィン！

「きゃあああ。嘘《うそ》よ。嘘よおおお。痛いの嫌い。おっぱい、たたかないで。たたかないでえええっ」

ごく自然に、文恵への声がけは「文恵さん」から「奥さん」に変わった。それと同時に友樹もまた、淫靡なシチュエーションプレイの演技者になる。

「たたかれるのはいや？　ふぅん。じゃあ、こっちのほうがいいか」

「ひゃあああ」

グニグニと、相変わらず強い力で乳を揉みつつ、片房の頂にむしゃぶりつく。

そっと歯を立て、甘やかな歯のギロチンで、乳首の側面を責めたてる。

……カジカジカジ。

「うあああ。かまないで。痛い、痛いぃぃ」

「ちょっとぐらい痛いのがいいんだろ？　そらそらそら」

……カジカジ。カジカジカジ。

「ンッヒイイ。あああ、ああああ」

「おい、鳥肌が立ってるぞ。感じるのか、奥さん」

艶めかしい声をあげつつ、文恵は色白の乳房に大粒の鳥肌を立てた。

感じていることは疑いようもない。

くなくなと激しく身をよじるその反応は、いやがる言葉とは裏腹に、さらなる責めを所望しているかに見える。

「か、感じてない。痛いって言ってるのおおお」

「ほお……本当かな」

……カジカジカジ。カジカジ。

「うああああ。ああああああ」

……カジカジカジカジ。カジカジカジ。

「ああああああ。あああ――」

「気持ちよさそうだけどな。そら、こっちはどうだ」

「ヒイイィン」

不意打ちのように、友樹は身体をずらし、未亡人の股間に手を這《は》わせた。

ベージュのパンティのクロッチ部分は、艶めかしくこんもりと盛りあがっている。卑猥なワレメに当たりをつけ、二本の指をそっと押しあてる。

……ニチャ。

「ハアァァ」

（おおお……）

下着の布がヌルッとすべり、淫靡な粘着音が秘めやかにひびいた。

文恵は昂揚《こうよう》していた。

早くも女陰をヌルヌルにぬめらせ、マゾ牝に生まれた悦びを、おそらくは久方ぶりに堪能している。

「なんだよ、このエロマ×コは」

（ああ、俺ってばすごい言いかた）

「あああああ」

すばやく体位を変え、よがり狂うマゾ熟女を四つん這いにさせた。

衣服を脱ぎ、ボクサーパンツもずるりと脱げば、ビンビンにおっ勃った極太が、上下にしなりながら露出する。

「……ああン」

ちらっと友樹の股間を見た文恵は、鼻にかかった声をあげた。思いもよらない肉棒の雄々しさに、ますます興奮が増したのか。おもねるように身をよじり、プリプリとヒップをふりたくる。

「ほら、脱げよ」

「あっ……」

全裸になると、友樹は文恵の尻からもつるりとパンティをむいた。

キュッと締まった小ぶりな臀肉が、尻のワレメも露にまるだしになる。さらにズルズルとまるまった下着を下降させれば、とうとう薄闇に熟女の究極の恥部が惜しげもなくさらされる。

（ああ、エロい）

シチュエーションプレイの性質上、言葉に出して賛嘆することははばかられた。だがむきだしになった媚肉は、もう見るからにいやらしい。

いつだって、かたく扉を閉じていなければならないはず。

それなのに、早くも陰唇ははしたなくとろけ、くぱっと左右に淫らな羽をひろげている。

大陰唇のビラビラはかなり肉厚だ。

しかも左右ふぞろいな状態で百合《ゆり》の花のようにまるまっているのが、なんともエロチックである。

ご開帳された膣粘膜の園は、もうドロドロ。いやしい欲情の汁をたっぷりとあふれ返らせ、縦に裂けた唇のような淫華の縁からつつっと垂れて、粘りに満ちた糸を引く。

「そ、そら。もっと虐めてやるぞ」

熟女の両足から完全にパンティをむしりとった。

文恵の首の下あたりに押しあげていたブラジャーもとり、自分につづいて未亡人も丸裸にさせる。

「はうう……い、虐めて。もっと虐めて。あああ……」

熟女は感きわまった声で、恥ずかしげもなくねだった。

早く早くと催促でもしているかのように、バックにググッとうまそうな尻肉を突きだして揺らす。

「ああ、いいだろう。そおらあぁ」

友樹は文恵の背後で位置をととのえるや、反り返る勃起を手にとった。

ぬめるワレメに亀頭を押しつける。

挿れてもよいかなどと、やさしく聞きもしなかった。

さもとうぜんの権利のように、渾身の力で腰を突きだし、膣奥深くまで極太をたたきこむ。

4

——ヌプッ！　ヌプヌプヌプゥ！

「あああああ」

未亡人はあっけなく、一度目のアクメにぶっ飛んだ。

我を忘れた嬌声をあげる。つらぬかれた勢いをまともに受け、敷布団に万歳の格好でつっぷした。

「おお、文恵さん……」

性器でひとつにつながっていた。友樹もまた、熟女にかさなって布団にくずおれる。文恵の裸身は早くもじっとりと湿っていた。しかも、驚くほどの火照りを帯びている。

「はう……はうう、おう、あうう……」

未亡人は、強い電気でも流されたように痙攣した。乱れた髪をかきあげて横顔を見れば、白目をむいている。

歯を食いしばり、首すじを引きつらせた。激甚なえぐりこみに耐えきれず、恥も外聞もないアクメ姿を友樹に見せる。

「なんだよ、ぜんぜん虐めたことにならないなあ」

ポルチオ性感帯を責められて歓喜にむせぶ熟女に胸のすく心地になりつつも、友樹は露悪的なキャラをつづけた。

「オマ×コをえぐられてぶっ飛んで、これじゃ、ひどいことなんてしてないことになっちまう」

「ああ、そんな……わ、私……私ぃ……んああ……」

なおも痙攣する未亡人を、ふたたび四つん這いの体勢にした。

もはや文恵は思うように力が入らない。

なおも不自然な格好で身体を痙攣させつつ、強引に獣の体位にさせられ、髪を乱してかぶりをふる。

「わた、私……ぶっ飛んでなんか……あああ……」

「ぶっ飛んでんでしょうが！」

あっけなくアクメに達したことを否定する文恵をさらに責めた。

思いきり腰を引き、またしても渾身の力で尻をふると、膣奥深くまで怒張をえぐりこむ。

……バツン！

「うあああぁ」

文恵はもはやケダモノだ。

またも子宮にぬぽりと亀頭を突き刺され、しびれるような快感に、マゾ牝の血を沸騰させて浅ましく吠える。

「ほら、またぶっ飛んだ。このスケベが！」

そう言うと、友樹は片手をふりあげ、未亡人のヒップを平手打ちする。

——パッシイィン！

「きゃあああ。ああ、イ、イイン！」

尻肉がふるえるほど激しい張りかた。しかし文恵は感激し、思わず「いい」と本音を口にする。

「そらそら。そらそらそら」

……ぐぢゅる、ぬぢゅる。

「あああ。ああああぁ」

友樹は腰をしゃくり、胎肉の中で男根を抜き挿しした。狭隘な肉洞と野太い肉棹が窮屈に擦れあい、膣ヒダをガリガリと肉傘がかきむしる。

「ヒイイ。ンッヒイイィ」

「気持ちよさそうな声をあげてんじゃないよ」

——ビッシイィ！

「ぎゃあああ」

——パアアァン！

「ああああ」

右の尻から左の尻、またしても右と、たたくヒップを変えながら、友樹はバシバシと未亡人を平手打ちした。

そのたび文恵は気が違ったような声をあげ、背すじを反したり、逆U字にたわめたりして敏感に反応する。

（ああ、気持ちいい！）

淫らな快感をおぼえるのは、友樹も同じだった。ヒップにきつい張り手を見舞うたび、文恵の膣は思いきり締まり、友樹のペニスを艶めかしい力でしぼりこむ。

亀頭の先から根元まで甘酸っぱさいっぱいの快さをおぼえ、友樹はあえなく暴発しそうになる。

（ぬうぅ……!?）

「も、もっとぶって」

文恵はさらなる平手打ちを望んだ。

「文恵さん」

「もっとたたいて。いっぱいたたいて。オチ×ポもいっぱい挿れたり出したりして。お願い、お願いよおおう」

「はぁはぁ。こうだね。そらそらそら」

――パンパンパン！　パンパンパンパンパン！

「うあああ。き、気持ちいい、気持ちいい。ああああああ」

「でもって……」

――ビッシイィン！

「んあああああ。ああ、イイ！　イインン！」

――パッシイィン！

「ひゃあああ。とろけちゃうよおおう。あああああ」

「はぁはぁ。はぁはぁはぁ」

（もうだめだ！）

怒濤のピストンと尻たたきのW攻撃で、文恵はトランス状態に突入した。

彼女とも思えないとり乱した声をあげ、自ら敷布団に顔を押しつける。くぐもった音ではしたないよがり吠えがひびき、ビリビリと布団を振動させる。

「はぁはぁ。そら、そろそろイクよ」

「うああ。うあああぁ」

友樹はもはや限界だった。未亡人のくびれた腰をつかむと、激しい抜き挿しで膣肉をほじくり返す。

ヌルヌルした膣と亀頭が擦れるたび、腰が抜けそうになった。あらがいがたい射精衝動が一気にムクムクと肥大する。

――パンパンパン！　パンパンパンパンパンパン！

「うあああ。ああ、イグッ！　こんなの久しぶり。こんなの久しぶりなのお。うあああぁ」

文恵はずしりと低音のひびきの濃い声で、おぼえる悦びを言葉にした。

ガリガリと、布団のシーツをかきむしる。友樹があまりに激しくバックから突くせいで、移動途中の尺取り虫のように、尻だけを突きあげた無様なポーズで犯される。

（イ、イクッ！）

「ぎゃああ。イグゥ！　イグゥ！　イグイグイグイグ。あああああ」

「で、出る……」

「おおおお。おおおおおおっ!!」

――びゅるる！　どぴゅどぴゅどぴゅう！　どぴぴぴ！

ついに友樹はオルガスムスに駆けあがった。ためにためた灼熱《しゃくねつ》のザーメンが、獰猛な音を立てて未亡人の膣にそそがれる。

受けとめる全裸の熟女は、ヒクン、ヒクンと上へ下へとヒップを跳ね踊らせた。最高のアクメに狂喜して、完全に白目をむき、あうあうと顎をふるわせる。

「ああ、入って……くる……温かな、精液……いっぱい……はぁぁン……」

「文恵さん……」

陰茎の痙攣は、なかなか終わらなかった。

またも無許可のまま未亡人の胎内に、征服の証《あかし》のようにありったけの子種をそそぎこんでいく。

友樹は気づいた。いつの間にか自分は、とうぜんのように女性の膣内に射精をするようになっている。

(いいのか、これは)

なんとも複雑な気分だった。

もうすぐ二十九歳の誕生日が来る。

一年前には――いや、一年前どころか三カ月前ですら、自分のこの変化は想像もできなかった。

だが、白目をむいて女に生まれた悦びを享受する勝ち気な熟女は、なんだかちょっぴりかわいかった。

（文恵さん……）

つたない演技ではあったが、悦んでもらえたとしたらうれしい。

友樹は真っ赤に腫れた文恵の尻を、いとおしさをこめて何度もさすった。

第五章　幼なじみ

1

（なにを見ているの、ばか）

真帆は自分をなじった。

あわてて視線をそらし、おのれの作業に集中しようとする。

「…………」

しかしその目は、気づけばふたたびその人に向かった。スコップを使って土を掘る彼は息を切らし、汗を拭いながら作業をつづける。

（友樹さん……）

いつしかその人の呼びかたは「佐川さん」から「友樹さん」になっていた。

ふたりして銅像を探すために土を掘り返す日々がはじまってから、今日でいったい何日になるだろう。

「どうですか、真帆さん」

土を掘る手を休め、ひと息つきながら友樹が聞いた。

「あっ……ざ、残念ながら……」

真帆はずっと作業に集中していたふりをし、シャベルで土を掘り、中をあらためながら答える。ふたりの作業は、友樹が大きな穴を次々と掘り、そのあと真帆がさらに念入りにその部分を掘って土中を探る方式でつづいていた。

真帆が長い年月ずっとシミュレーションしてきた範囲を掘り返しているのだが、今のところ、目当ての像は見つけられない。

だが、やはり男性が手伝ってくれると作業の進みかたが違った。

以前はひとりでここに来て、黙々とスコップを使ったりしていたが、とてもひとりでは手に負えず、冬が到来したこともあり、しばらく中断してしまっていたのである。

しかし友樹に興味を持ってもらえたことで、ふたたび真帆の探索熱にも火がついた。

(しっかりなさい、ばか)

真帆は、つい友樹に向きそうになる自分の心をもてあまし、発破をかけた。

冷たい地面に膝をつき、せっせとシャベルを動かして、銅像探しに集中しようとする。

「ところで、真帆さん」

すると、友樹が真帆に声をかける。

「……はい？」

「もしかして」

友樹がこちらを見た。

「もしかしておひとりでも、ここに来て作業をしています？」

「あ……えぇっ」

真帆はこくりとうなずき、シャベルを使って土を掘りながら友樹に答える。

「どうせ暇ですし、少しでも作業を進めたくて」

「そうですか……あまり無理しないでくださいね」

心配そうに友樹は言った。

「スコップとか、やっぱり女の人ひとりじゃきついですし。いろいろな意味で、ひとりでこんなところで作業するなんて危ないです」

「あ……」

「…………」

「あ、ありがとうございます」

目と目を見交わし、つい顔が熱くなる。真帆は友樹から視線をそらし、目の前の作業に没頭しているふりをした。

長い時間、ふたりは黙々と、それぞれの作業をつづける。

力仕事の連続で息が切れるらしい。友樹ははぁはぁと乱れた息をととのえては、さかんに手で額を拭った。

(今度……なにか食べさせてあげたい)

そんな彼をチラチラと見ながら、真帆は思った。自分にできるせめてものお礼の気持ちは、この人にしっかりと栄養をとらせてあげることではないだろうか。

「あの」

すると、スコップを使って土を掘り返しつつ、友樹が言った。

「……はい」

「えっと……えっとですね」

「…………」

「今度……いっしょにご飯でも食べませんか」

「えっ」

こんな偶然があるだろうかと、真帆は驚く。つい目を見開いて友樹を見た。

「な、なにか」

ぶしつけな視線に、うろたえたようだった。友樹はそわそわと、落ちつかない様子で真帆を見る。

「あ、いえ……」

「…………」

ふたりはまたしても、黙々と作業をした。

ややあって、真帆は言う。

「だったら」

「……えっ」

「だったら……うちにご招待します」

「えっ！」

意外そうに、作業の手を止めて友樹は真帆を見た。

「で、でも、それはお邪魔じゃ」

「いえ、そんな。もしよければ、ですけど」

恐縮して辞退しようとする友樹を、真帆は制した。

今の言いかたは、いささか前のめりすぎたのではないかなどと、自分で自分が恥ずかしくなりながら。

「あ、ありがとうございます」

友樹はぺこりと頭を下げて言った。

「お気遣いに、ほんと感謝します」

「は、はい……」

「…………」

「…………」

友樹はまたしても穴を掘る作業に戻った。真帆も彼にあわせ、黙々とシャベルを使う。

結局、家に来るつもりでいてくれるのかそうではないのか、友樹の気持ちはわからなかった。真帆はそのことにこだわっている自分に気づき「ほんとにばか」と心中で自分を叱った。

（……えっ？）

そんなとき。

ふと彼女は、作業の手を止め、横を見る。

「…………」

「どうかしました」

「あっ。いえ、別に」

友樹に問いかけられ、あわててかぶりをふった。作業に戻ると彼もまた、地味な肉体労働に戻る。

もう一度、横を見た。

気のせいか。やはり誰もいない。そもそも、こんなところに誰もいるはずがないのだが。

(集中、集中)

真帆は自分に言い聞かせ、必死に土を掘り返した。

木々の枝葉の覆いの向こうでキラキラと陽光がきらめいた。

2

「毎度あり」

老店主の干からびたような声を背に受け、真帆は店を出た。

集落にたった一軒しかない雑貨店兼食堂。食堂のほうは、友樹がよく利用しているという話だ。

だが確実に言えることは、今夜は絶対に、友樹はこの店には来ない。

なぜならば、ひょんな話のなりゆきで、真帆は今夜、彼を自宅に招待することになったのであった。

聞けば今日は、友樹の二十九回目の誕生日だと言うではないか。

——だ、だったら今夜、ご招待します。

いつにない積極さで友樹を誘った。

わかっている。自分は独り身の未亡人。大人の男をきやすく家に招いてよいはずがない。

それでも真帆は、招待せずにはいられなかった。

「あなた、ごめんなさい」

食材を買ったレジ袋を両手に提げ、家路をたどりながら真帆は亡夫に謝った。

脳裏によみがえる二十歳も年上の夫は、いつもと変わらぬ柔和な笑顔で妻と向きあう。

「やっぱり、怒ってますよね。ごめんなさい……でも私……あの男の人に、なぜだかあなたによく似たものを、すごく感じてしま――」

「お姉ちゃん」

とつぜん誰かに呼びとめられた。

真帆を「お姉ちゃん」と呼ぶ女性は、彼女が知るかぎりこの世にひとりしかいない。

「美緒……」

ふり返ると、案の定その娘がいた。通っている高校の制服姿。白いブラウスにグレーの膝丈スカート。紺のブレザーを着ている。

目があった妹は、とても硬い顔つきだ。

「ど、どうしたの」

そもそも美緒が自分から声をかけてくること自体めずらしい。

その気になればいつだって連絡をとりあえる距離で暮らしているのに、話をすることなどめったにない。

実家に戻るときも、あらかじめおばばに連絡をし、美緒がいないときに訪れた。

対しあったのは、周囲に田畑や森しかないのどかな場所。ふたり以外、近くに人の姿はない。

「あのさ」

美緒はうつむき、スタスタと近づいてくる。

こんなふうにふたりきりで面と向きあうなんて、いったいいつ以来だろうと場違いな感慨を真帆は持った。

「な、なに……？」

至近距離で向きあっても美緒はなにも言わない。思いつめたような顔つきのまま、朱唇をかみ、うなだれている。

そんな妹に真帆は聞いた。すると美緒は、下を向いたまま言う。

「私が」

「……えっ」

妹はこちらを見た。

「私が……友樹さんが好きって言ったら、お姉ちゃんどうする」

「……えっ！」

真帆は息を呑んだ。思わず美緒をじっと見る。美緒は、目をそらさなかった。挑むように、はじめて見るような表情で姉に言う。

「美緒……」

「私だって女だもん」

「……っ？」

「人を好きになりたい。ほんとは結婚だってしたい」

「──っ。み、美緒──」

「お姉ちゃん、もう好きな人と一度いっしょになってるじゃない！」

「あっ……美緒！」

美緒はいきなり身をひるがえし、その場から駆けだした。

育ちざかりの細い脚で地面を蹴《け》り、スカートの裾をひるがえして、みるみる遠ざかっていく。

真帆は呆然《ぼうぜん》と、その場に立ちつくした。

3

（ここか）

友樹は真帆の暮らす古民家を見た。

その家は、姫浦家と友樹が借りる家とは、ちょうど三角形を作るような場所にある。

村の西のはずれのほう。

近くには田畑や民家もあるが、人通りは少ない。

近所で暮らす住人たちが老人ばかりのせいもあり、にぎやかな活気とも無縁な一角だ。

細い通りをはずれ、さらにせまくなった、舗装もされていない道を歩くと、そこについた。友樹が借りている家と同様、古くはあるもののしっかりとメンテナンスが行きとどいている。

この家に真帆が暮らしていることは、フィールドワークの過程ですでに把握していた。

だが、引き戸を開け、中にまでお邪魔をするのははじめてだ。

「ごめんください」

こんばんはと言いながら入るには、まだちょっと時間が早かった。

西の空が真っ赤に染まりはじめてはいるものの、日が沈むまでにはもう少し余裕がある。

（……うん？）

引き戸を開け、土間に入った友樹は眉をひそめた。

家の中に、明かりがない。

戸外はまだ明るかったが、照明もつけずにいるには、いささかこの家は採光が悪すぎる。

「あっ……」

目を細めてあたりを見た。友樹はハッとなる。

土間からあがった畳敷きの部屋に、こちらに背を向け、ぽつんと真帆が端座している。

「ま、真帆さん」

おそるおそる、友樹は声をかけた。だが、真帆は反応しない。

「ごめんください」

どうしたのだろうと心配になりつつ、友樹は声を大きくする。

「ハッ」

ようやく真帆が気がついた。あわててふり返り、薄闇の中でこちらの顔をたしかめる。

「まあ……ご、ごめんなさい」

真帆はあわてた様子で明かりをつけた。たちまち室内が、暖かそうな光であふれる。

「大丈夫ですか。なにか、ありました？」

約束では、夕餉をともにしようと真帆のほうから誘われたのだった。だが来てみると、どうやらそれどころではなかったらしく、土間の厨房《ちゅうぼう》でなにかをしていた様子もない。

「…………」

真帆は困ったようにうなだれた。

「……真帆さん？」

やはりなにかあったのかもしれない。友樹の胸に不安が兆した。オロオロと、落ちつきなく家の中に視線をめぐらせる。

土間の一角には、彼女がひとりで銅像発掘におもむくときに使っているらしき、スコップやシャベルがきれいに洗われ、立てかけられていた。

「え、えっと……真帆さ――」

「ごめんなさい」

真帆はこちらを見ようともしなかった。

土間への降り口まで来ると、畳にぺたりと正座をし、申しわけなさそうに頭を下げる。

「真帆さん……」

「やっぱり……私、友樹さんとはこれ以上、ふたりきりでなにかをすることはできません」

「えっ……」

友樹は息を呑んだ。

真帆はうつむき、なにも聞かないでとでも言うかのように、三つ指をついて頭を下げる。

「いや、あの……」

「お誕生日、おめでとうございます。でも、ごめんなさい」

「真帆さ――」

「許してください。お願い、許して」

「ああ……」

とりつく島は、どこにもなかった。

友樹は呆然と、平謝りをする未亡人を見た。

「なにがあったって言うんだ……」

がっかりと肩を落として、自分の古民家に戻ってきた。すでに日はとっぷりと暮れ、あたりは闇に支配されている。

「……えっ？」

ところが、借り受けている古民家には、煌々《こうこう》と明かりが点《とも》っていた。

いったいどういうことだと、友樹はあわてる。

玄関に駆けより、引き戸を開けた。

「お帰り」

快活な、明るい声が出迎えた。

土間と向かいあわせになった部屋で、美緒がいそいそと食事の準備をしている。

「美緒ちゃん……」

「きっと、なにも食べないで帰ってくるだろうって思って。たいしたものじゃないけど、ご飯作っておいたよ。いっしょに食べよう」

立ちつくす友樹に、美緒はニコニコしながら言った。

「いや、えっと……」

「ほら、早く。あ、ビールもあるよ」

たしかに食卓には、美少女が用意してくれたらしきつまみ類とともに、缶ビールや空のグラスも用意されている。

なおも美緒にうながされ、友樹はわけがわからないながらも、言われるがまま靴を脱ぎ、中にあがった。

「はい、お疲れさま」

美緒は小気味よい音を立てて缶ビールのプルリングを抜いた。友樹にグラスを持たせ、冷えたビールをとぷとぷと注《つ》ぐ。

「勝手に入ってごめんね。でもうち、早い話が大家じゃない。いちおう、全部の家に合鍵《あいかぎ》があって。悪く思わないでね」

そう言いつつ、美緒は自らのグラスにペットボトルの緑茶を注いだ。

「えへへ。私は緑茶で乾杯。はい」

「あっ……」

求められ、友樹は美緒とカチンとグラスを打ちつけあう。おいしそうに緑茶を飲む少女にうながされるように、自らもビールに口をつけた。

「ああ、おいしい」

「ねえ、美緒ちゃん」

しかし正直、のんびりと食事どころではない。

もしかしてと、心にひとつの仮説が生まれた。しかもその仮説は、みるみるどす黒く肥大していく。

「うん、なあに？　ねえ、とにかく食べて。一所懸命作ったんだから。もっとも、味の保証はないけど。どれどれ、私もお味見、お味見」

美緒のテンションは、いつになく高い。

聞いてもいないのにあれこれと説明し、割り箸を割ると、自分で用意したおつまみをとり、小さな口に入れる。

「まあまあかな。けっこうよくできてるかも。ねえ、佐川さんも食べてみて」

たしかにおいしそうな煮物だ。

この美少女はまだ十七歳だというのに、こんな料理も作れるのか。

いつもなら素朴に感心し、ぜひ食べさせてもらおうと舌鼓を打つところ。だが今日ばかりは、さすがにそうはいかない。

「美緒ちゃん」

真剣な口調でもう一度美緒を呼んだ。美緒はもぐもぐと咀嚼しつつも、その顔から笑みを消していく。

「お姉ちゃんと……なにかあった?」

「なんで」

「とぼけないで」

軽い調子で聞き返す少女に、つい強い調子で言ってしまう。

美緒の顔から、ますます表情が消えた。

「なにかあった? お姉ちゃんと」

美緒はなにも言わない。友樹は焦れた。

「答えて、美緒ちゃん。大事なことなんだ」

4

「お風呂でも、沸かそうか……」

ぼそっと真帆はつぶやいた。

いつまでも落ちこんでいたところで、どうなるものでもない。すでに自分の気持ちは友樹に伝えてしまっている。

ずっと畳に座り、とりとめもなく考えごとにふけりつづけた。

気がつけば、あたりには闇が降りている。

信じられないほど長い間、ぼうっとしていたことに気づいていささか驚く。

そう言えば、買ってきたものを冷蔵庫に入れていなかったことにも、今さらのように気づいた。

土間に降り、サンダルをはく。

厨房に置きっぱなしにしていたレジ袋から買ってきたものをとりだし、冷蔵庫の中に次々と入れる。

「ひとりじゃ食べきれないかもだけど……えっ？」

するとドンドンと、玄関の引き戸をたたく音がした。空耳かと思ったが、真帆は動きを止め、じっと引き戸を見る。

また音がした。

どうやら空耳ではなかったようだ。冷蔵庫の扉を閉め、未亡人はゆっくりと立ちあがる。

（まさか）

心がざわついた。

はにかんだように笑う友樹の顔が去来する。

誰かが訪ねてくることなど、まずほとんどない仙人みたいな暮らし。しかも今日のこのタイミングで扉をたたく人がいるとすれば、やはり真帆にはたったひとりしか思い浮かばない。

(友樹さん)

もしも彼だったとしたら、それはそれで問題だった。なにがどうあろうと、真帆がとらねばならない態度などひとつしかない。

美緒を思えば、それだけは明白だ。

だが、それでも顔が見たいと思った。悪いのは全部自分なのに、それでも今夜はこのままでは眠れない。

せめて本当のことを話す義務が、やはり自分にはあるのではないだろうか。

真帆は玄関に駆けよった。

我知らず心臓がとくとくとはずむ。

まず謝ろうと思った。

それからゆっくりと説明をするのだ。そうやって許してもらうのが、やはりいちばんすっきりする。

ううん、そんなことはどうでもいい――真帆は思った。

友樹のやさしいあの顔が見たい。

玄関に駆けよった。真帆はがらりと引き戸を開けた。

「よう、久しぶり」

「――っ!?」

だが、そこにいたのは思いもよらない男だった。

吉川悟。

隣村の村長の跡取り息子。

真帆とは小学校、中学校と同期だった男でもある。

「よ、吉川くん」

「他人行儀だな。昔は悟ちゃんって呼んでただろう。おう、きれいに暮らしてんじゃんよ」

どうぞと言ってもいないのに、吉川は勝手に入りこんでくる。真帆はそんな幼なじみをもてあました。

「どうしたの。なんの用」

「なんだなんだ。んん？　せっかく幼なじみが久しぶりに訪ねてきたっていうのに迷惑そうな顔をして。大事な話をしにきたんだよ」

「大事な話」

真帆は眉をひそめて吉川を見た。

「大事な話って」

不安な気持ちになり、吉川に先をせかした。だが、吉川は鼻で笑う。

「大事な話だって言ってんだろ。そんな話を玄関先でペラペラ話せるかよ」

「……えっ」

「まあ、お茶でも飲みながらって感じかな。飯を食わせろとか酒を飲ませろとかまでは言わねえからさ。まあ、おまえがいっしょに酒でも飲みたいってんなら、もちろん辞退はしないけど」

「うっ……」

軽い調子で言われ、真帆は小さくうめいた。

子どものころから身勝手で横暴。中学生になるころには、早くも女の子たちに猥褻《わいせつ》なちょっかいを出しはじめた。

真帆の夫にも、彼女が中学生だったころから「吉川にはくれぐれも気をつけるんだよ。いいね」と何度も注意をうながされた。校長レベルで揉みつぶした、世間には言えない話がいくつもあると聞いている。

もちろん吉川にとっては、真帆も例外ではなかった。かつては彼女にしつこくちょっかいを出した時期もある。

だが何度もすげなくあしらった結果、いつしか近づかなくなった。夫はなにも言わなかったが、もしかしたら知らないところで、守ってくれていたのかもしれない。

だが、そんな夫はもういない。

「そ、それじゃ……今、お茶を。あがって」

真帆はやむなくそう言い、吉川を中にいざなった。自らは厨房に戻り、お湯を沸かそうとする。

（えっ）

ところが、思わぬことが起きた。

いきなり吉川が、閉めた引き戸に内側から鍵をかける。

「よ、吉川くん」

「悟ちゃんだろって」

戸が開かなくなったことをたしかめると、吉川はニヤリと口角をつりあげた。ゆらりと動き、こちらに向かって歩きはじめる。

「ひっ」

真帆の喉から引きつった声が漏れた。舐めるように真帆を見る吉川の視線に、鳥肌が立つようなものを感じる。

「吉川、くん……？」

「昔からいい女だったけどよ。あらためて見ると、ますますいい女になったよな、真帆。ただ……正直中古は趣味じゃねえんだけど」

吉川はジロジロと、ぶしつけな視線を真帆に這わせた。自分の胸に、下半身に、ねっとりとした視線を感じ、真帆はたまらずゾッとする。

「どういうこと、話があるって」

「ああ。でもまあ、じつは話は簡単なんだ」

吉川は苦笑して言った。

「真帆」

「……えっ」

「俺と夫婦になれ」

「……えっ!?」

「この興川集落に貢献しろ。哀れな女たちのために」

「……なんですって」

思いもよらない話に、真帆は狼狽した。

吉川は余裕綽々《よゆうしゃくしゃく》の態度で言う。

「知らなかったか。俺たちの村とこの集落の合併話」

「が、合併？」

「ああ。この集落にはよ、男に飢えてるかわいそうな女がウジャウジャいるじゃんよ。でもうちの村とおまえらの集落、伝統的に仲が悪い」

「——っ」

いやな予感がますます強いものになる。値踏みするように真帆を見つめる吉川の目に、不気味な邪気がますます色濃くなる。

「ちょ……ちょっと!?」

「だからまずは……ククク、統治者の家どうしがひとつに結ばれて、長年の怨恨《えんこん》をめでたしめでたしにするしかねえなあって、まあ、そういうわけだ」

「ち、近づかないで！」

じわじわと距離をつめられ、真帆は引きつった声をあげた。吉川の目がギラギラと光る。

いつからか吉川が、集落に頻繁に顔を出すようになっていたことは知っていた。また、あくまでも噂《うわさ》だし、それがいったい誰なのかまではわからなかったが、集落の女の何人かが寂しさに耐えかね、吉川と淫らな行為をしてしまったらしいという話も聞いている。

この男の本性を考えれば、それは決して意外な話でもなんでもなかった。病的な女好き。

とっくに性犯罪者として罰せられていたってよいはずなのに、父親をはじめとする一族の権力や、大人たちの癒着のおかげでこうしてのうのうと生きている。

そんな男の言うことなど、真に受けられようはずもない。

真剣に自分を心配してくれた亡夫の顔がまざまざとよみがえる。

「だからな、今夜は挨拶代わりにおまえを抱きに来た。断れねえよな、この集落のためだ」

真帆はハッとした。

また一歩、吉川が間合いをつめる。

……じりっ。

「——ひっ。じょ、冗談言わないで！」

「なにが冗談だ、ごるぅああ」

「きゃあああ」

とうとう吉川が豹変した。

獰猛な声をあげ、獲物に飛びかかる肉食動物さながらに真帆に躍りかかる。

「いや。いやあ。きゃあああ」

強い力で抱きすくめられた。

いやがって暴れるものの、男の力にはかなわない。吉川は捕獲した真帆を部屋に引っぱりあげるや畳に転がした。

「あああ」

真帆はバランスを崩し、畳につっぷした。

不気味な笑いが背後でひびく。吉川は駆けよると、真帆の下半身からジーンズを脱がせようとした。

「ククク」

今日は発掘作業のため、一日ずっとカジュアルな装いで過ごしていた。

「きゃああ、なにをするの。いやああ」

「はぁはぁ。なにをするって……言っただろ。神聖なる夫婦の契りを交わそうぜってことさ」

「ヒイイ。いやあ。やめて。いやあああ」

真帆はあらがい、なんとしてもデニムを脱がされまいとした。

だが、こういうことに関しては、吉川のほうが一枚も二枚も上手《うわて》のようだ。暴れる真帆をものともせず、難なく熟女の下半身からブルージーンズを脱がしてしまう。

いや、ジーンズどころか、パンティまでむしられている。

……ズルリ。ズルズルッ。

「きゃああ」

「おお、でけえケツ。エロい、エロい」

「ヒイイ。やめて。誰か、誰かあああ」

「誰も来やしねえよ。こんな村はずれの辺鄙なところ」

「あああ」

性欲を露にした吉川は、真帆の脚からジーンズとパンティを完全にむしりとった。

真帆は逃げようとする。

だが、吉川は許さない。けたはずれに強い力で、荒々しく真帆を四つん這いにさせた。


(おお、とうとうやった！)

吉川は感激した。

目の前に、かつて学校で一、二を争った美しい女の、もっとも恥ずかしい部分がさらされた。

しかもこの女はただ美しいだけでなく、ほかの連中とは段違いに頭もよかった。それはもう、むかつかずにはいられないほど。

「おら、もっと見せろよ」

「いやあ、いやあ。やめて。いやああ」

パニックになって暴れる真帆に、よけい欲望が燃えあがる。

吉川はボリュームたっぷりのいやらしいヒップに指を食いこませ、力ずくで抵抗を封じた。

「エロいな、真帆。とうとう見ることができたぜ、おまえのマ×コ」

「きゃああ。いやあ。見ないで、見ないで。だめえええ」

サディスティックな言葉でも幼なじみを責めたてつつ、吉川は容赦なく真帆の陰部を見た。

「うはっ。なんだ、おめえ、メチャメチャ剛毛じゃねえか！」

目の前に露出した眼福ものの絶景に、吉川はさらに興奮する。

校内一の才媛《さいえん》にして美しさもとびっきり。高嶺《たかね》の花以外のなにものでもなかった美少女の秘丘は、モジャモジャと恥毛が生え茂るマングローブの森だった。

そのくせ、豪快としか言いようのない陰毛の下にのぞく女陰は、未亡人のくせにウブな愛くるしさをたたえている。

（おお、こいつはいい！）

吉川はしげしげと幼なじみのワレメを見る。

小ぶりな恥裂だった。

生来の貞淑な気だてを象徴するかのように、ぴたりと肉の扉を閉ざし、吉川を拒絶しているかに見える。

官能的な淫花は、まさにつぼみのようだ。

そして吉川は、こういう清純そうなつぼみを強引に花開かせ、完膚なきまでに蹂躙《じゅうりん》して、征服の刻印まみれにしてやることがなによりも好きだ。

「そら、真帆、うれしいだろう、久しぶりに男のチ×ポだぞ」

そそくさと、ズボンを下げてペニスを露出しようとした。ベルトをガチャつかせ、ファスナーを下ろす。

「ヒイイ。いや。いやあああ」

真帆はもう必死である。しかし吉川は、逃げようとする熟女を何度も自分に引きよせ、ペニスをむきだしにしようとする。

「嘘つけ。俺は知ってるぞ、女なんてひと皮むけばどいつもこいつも――」

――ドッカアァン！

（えっ）

そのとき、玄関で大きな音がひびいた。

ギョッとしてふり向くと、古い木の引き戸が破壊され、誰かが土間に転がりこんでくる。

「はぁはぁ。はぁはぁはぁ」

「――あっ。てめえは」

起きあがった男に見おぼえがあった。どうしてこいつは、俺が本命の女をものにしようとするといつでも姿を現すのか。

「きゃあああ」

どうやら真帆も、飛びこんできた男に気づいた。とり乱した悲鳴をあげ、あわてて身体をまるくする。

「きさまああ」

怒気も露に叫んだのは、吉川ではなくその男だった。

「な、なんだてめえ……あっ」

応戦しようとした吉川は息を呑んだ。

男は、土間に立てかけてあったらしきスコップを手にとった。

「——っ。お、おい……」

「許さない」

男はスコップをかまえ、吉川をにらんだ。

吉川はとまどう。本当にあの男だろうかとうろたえた。今夜の男は、あのときとは別人のように怒りが強い。

「許さないぞ、きさま」

男は声がふるえていた。

いや、声だけではない。全身がわなわなとふるえている。

「おい、待て。ちょっと待て」

さすがに吉川はゾッとした。片手を前にやって男を制し、我知らず一歩、二歩とあとずさる。

「許さん……っ。きさまああぁ」

男の獰猛な声が、室内の大気をビリビリとふるわせた。

同じころ、友樹の暮らす古民家では、制服姿の少女がせつなくしゃくりあげていた。

「……憎い」

少女は声をふるわせ、嗚咽《おえつ》した。

「お姉ちゃんが……お姉ちゃんが憎い！」

両手で顔を覆い、なおも少女は号泣した。

第六章　恥じらう未亡人

1

「雨……帰らないと」

ポツポツと降りだした雨は、あっという間に大粒のものに変わりだした。真帆は持参した発掘用具をひとつにまとめ、帰りじたくをはじめる。

今日もひとりで森に来て、銅像を探していた。

午後、天気が急変することはわかっていたが、少しでも作業をしていたかった。と言うか、聞いていた予報より、かなり早く雨が降りだした。

(友樹さん……)

またしても、真帆は友樹を思いだしてしまう。黙々と作業でもしていないと、決まって心によみがえる苦しい記憶。

もう三日前のことになる。

真帆のもとに戻ってきた友樹は、吉川を撃退してくれた。二度、三度とスコップをふりまわし、吉川に襲いかかった。

彼の雰囲気に尋常ではないものを感じたのだろう。吉川は白旗をあげ、逃げるように真帆の家を飛びだした。

——美緒ちゃんから聞きました。

ふたりきりになると、友樹は言った。

——俺はいやです。美緒ちゃんのことは、妹のようにしか思えない。はっきり言いますけど、俺が好きなのは……真帆さんなんです。

あの人は、そんなふうにうれしいことを言ってくれた。胸がほっこりとしたことを、今でも真帆はよくおぼえている。

だが、真帆は言った。

——ごめんなさい。お気持ちはありがたいです。でも……私はやっぱり、ずっとひとりで生きていきます。

友樹の落胆ぶりは、申しわけないほどだった。

本音を言うなら、なにもかもかなぐり捨て、彼の胸に飛びこんで号泣したかった。抱きしめられたかった。

だが、そんなまねは決してできない。

友樹が美緒ではなく自分を選んでくれたから、一件落着などという話ではないのだ。

美緒への罪悪感に苦しみながら生きてきた。そんな妹のせつない胸のうちを思えば、この物語の結末など、おのずと決まってくる。

自分だけが幸せになることは許されない。美緒は、真帆の代わりに望みもしなかった人生を歩んでいる。

「あっ……」

不穏な雷鳴がした。自分のおろかさに舌打ちしたくなる。

こんなところでもの思いにふけっていてどうする。自然の恐ろしさは、子どものころから身にしみてわかっているはずなのに。

雨は一気に勢いを強め、空恐ろしい強さで真帆に襲いかかりはじめた。

「急がないと……」

荷物をまとめ、肩にかついで森の斜面を歩きはじめる。枝葉の覆いなど苦もなく突破し、大粒の雨が音を立て、森の地面を豪快にたたく。

「急げ急げ……きゃ」

早くも地面は、すべるようになってきた。

真帆は慎重に、けれどなるべく急いでこの場をあとにしようとする。

合羽《カッパ》を着ようかどうしようかと迷ったが、森を出てから着ることに決めた。まずはここを出ることが先だ。

「暗くなってきた……甘く見てたかのかしら……」

一気に凶暴さを増しはじめた雨は、真帆の視界さえけぶらせる。

方向感覚を失った。

「えっと……どっちだけ……えっと、えっと。きゃっ!?」

またしても足がすべった。

踏みしめた落ち葉がその下の土ごとずれ、真帆はバランスを崩す。

「きゃあああ」

重たい荷物を持っていたこともマイナスに作用した。思いきり転倒し、硬いもので後頭部を強打した。

「ああ……」

しまったと思ったが、もう遅い。

みるみる意識が白濁し、頭がぼうっとなる。顔や身体をすごい勢いで大粒の雨がたたく。

目の前が暗くなった。スーッと意識が遠のく。

どこかで電話が鳴っていた。

底の見えない深い闇へと、真帆はスローモーションで落下した。

2

稲光とともに、雷鳴がとどろいた。

「すごい雨になっちゃったな」

屋根や窓をたたく雨の激しさに友樹はたじろいだ。

まさに春の嵐という感じ。

午後になってすぐに降りだした雨は尻あがりに激しさを増し、勢いを弱めることなく、すでに四時間以上も降りつづいている。

どうやら記録的な豪雨のよう。

この集落は、地質的にとても脆弱《ぜいじゃく》だ。大げさではなく、新たな土砂崩れの可能性さえ、友樹は案じていた。

「なにも起きなきゃいいけど……うん？」

玄関のほうを見た。誰かがバタバタとやってきたのがわかった。

「な、なんだ……あっ――」

「佐川さん！」

飛びこんできたのは雨合羽姿の美緒だった。

「どうしたの」

尋常ではない剣幕に、いやな予感がした。

「み、美緒ちゃん、ねえ、いったい――」

「お姉ちゃんいる？」

「えっ……」

問いかけながら、美緒は部屋の中を見る。その目には、あっという間に失意の色が濃くなった。

「い、いや、いないよ、ごらんのとおり。あはは。て言うか、いるわけないって言ったほうが――」

「お姉ちゃんがいないの」

「えっ。あっ……」

美緒の目からポロリと大粒の涙があふれた。

土間に立ちつくした美少女は「うーうー」と悲痛にうめいて慟哭《どうこく》する。

「美緒ちゃん、真帆さんがどうしたって――」

「うちにいないの！　お姉ちゃんがいない！」

稲光。雷鳴がとどろく。

「い、いないって……」

いやな予感が現実のものになってしまったことに暗澹たる思いになる。ぞわぞわと、無数の小蟲《こむし》が足もとから這いあがってくるような感覚をおぼえた。

「ねえ、私のせいじゃないよね」

ボロボロと泣きながら美緒は言った。

「美緒ちゃん……」

「私のせいで友樹さんをあきらめて……だから、お姉ちゃん……ねえ、そうだとしたら、私いったいどうしたらいいの」

3

（たぶん、ここだ）

雨合羽を着た友樹は、息を乱して森の中を探索した。

闇を裂いて稲光がまたたき、不穏な雷がとどろく。

美緒によれば、真帆と友樹の件はおばばからそれとなく聞いたらしい。おそらく志津代には隠しておけず、真帆は正直に話したのであろう。

美緒はなんとなくムシャクシャしたのだという。自分のために姉が友樹をあきらめたのだと思うと、それはそれでなんだかとても頭に来た。

文句を言うために、この天気だというのに美緒は姉のもとまで行った。

念のために、合鍵も持参した。

だが真帆は不在で、待てど暮らせど戻ってこない。

これはおかしい――不安になった美緒はかけたことなどない電話を、がまんできずに姉にした。

ところがそれにも、姉は出なかった。

胸に兆していた不安がますます大きなものになった。

心配になると、考えたくないことばかり考えてしまう。

もしかしたら、友樹の家にいるのだろうか。それだったらいいのにと、いつの間にか思っている自分がいた。

こうして美緒は友樹の家に飛びこんできたのであった。

(真帆さん)

いとしい人の姿を求め、友樹は足もとの悪い斜面を急ぐ。

激しい雨は、森の中にも容赦なく降りそそいだ。友樹は何度も足をすべらせ、転倒しそうになる。

「――あっ!」

しかし、ようやく彼は発見した。

ふたりで掘った穴がいくつも空いている場所から少し離れた斜面。真帆が青白い顔で仰臥している。

「ま、真帆さん、真帆さん!」

あわてて駆けよった。稲光とともに雷が鳴る。

ずぶ濡れの未亡人の上体を起こし、必死に揺さぶった。だが真帆は、呼びかけに応じない。友樹は焦燥した。

「真帆さん！　ああ、どうしよう……真帆さん！　真帆さん！」

「…………」

「真帆さんっ！」

「ううっ……」

「あっ！」

ようやく真帆が反応した。苦しそうにうめき、長いまつげをふるわせる。

「真帆さん！　しっかりして！　真帆さん！」

「うっ……ううっ……」

「くっ……と、とにかく病院に！」

美緒の身体は冷たくなっていたが、死んではいないことがわかって友樹はほっとした。

雨合羽を脱ぎ、急いで真帆に着させる。ぐったりした未亡人を両手で抱きかかえ、森の中を駆けだそうとした。

「——ぐわあっ」

ところが、思いがけないことが起きる。

誰かに背後から、鈍器のようなもので頭を殴られた。

めまいがする。足もとがもつれた。友樹は真帆を守るように、自ら身を挺《てい》して身体を反転させ、自分から先に地面に倒れた。

「くうぅ……お、おまえは……」

なんとか真帆を守ることができた。

自分につづいて折りかさなった未亡人を受けとめた友樹は、後頭部の痛みにうめきつつ、豪雨の中に立つそいつを見る。

吉川だった。

ずぶ濡れの雨合羽を着た吉川は、棍棒のような太い枯れ枝を両手ににぎり、荒い息をつく。

「このやろう……よそ者のくせに、偉そうに……」

友樹をにらむ吉川の眼光には、もはや異常としか言えないものがあった。

憎々しげに唇をかんで友樹を見おろし、こちらに近づいてくる。

(殺される)

本能的に、そう思った。

自分ひとりだけならまだいい。

だがこの男は、もしかしてなんの罪もない真帆まで、その手にかけようとしているのではあるまいか。

友樹のいやな予感は、吉川の言葉で現実のものになった。

「そんなにこの女とセックスしたかったら、あの世でやらせてやるぜ！」

稲光と雷鳴がほとんど同時に森をふるわせた。

「よ、吉川」

「うおおおっ！」

吉川はまたしても重い枯れ枝をふりかぶる。友樹はあわてて体勢を変え、真帆を守るために自ら盾になった。

――バシッ！

「ぐわあああ」

そんな彼の背中に、渾身の力で太い枯れ枝がふりおろされる。

しかも、二度、三度、四度。

――バシッ！　ビシッ！　バシイィッ！

「うあああ……」

凶器と化した枯れ枝は、背中だけでなく頭にも飛んだ。脳髄がしびれ、意識を失いそうになる。

（真帆さん……）

必死に覆いかぶさり、友樹は真帆を守ろうとした。なにがあろうとこの人だけはと、ただもうそれだけだ。

「死ね。死ね死ね死ね死ね！」

――バシッ！　バシィッ！　ビシイィィッ！

「ああ……」

狂ったような暴行を受け、焼けるかのごとき痛みをおぼえる。

意識がますますおぼつかなくなり、今にも脳のブレーカーがストンと落ちてしまいそうだ。

（真帆さん……）

抱きすくめる未亡人はひんやりと冷たかった。首すじから香る甘ったるいアロマに、せつない思いがこみあげる。

（もう、だめか）

どんなに強く抱きしめようとしても、力が入らなくなってきた。

――ゴゴゴゴッ。

友樹は無念さにかられつつ、それでも必死になって真帆を——。

——ゴゴゴッ。ゴゴゴゴッ。

（……えっ）

ふと気づいた。

なんだこの音はと、ちりぢりになりそうな意識を必死になってかき集める。

——ゴゴゴゴゴッ。ゴゴゴゴゴッ。

（……えっ、ええっ？）

勘違いではなかった。

揺れている。

地面が不気味に。

しかも、遠くから近づいてくるこの地鳴りのような音は——。

「……ああ？」

どうやら吉川も、同じように気がついた。ふりかぶっていた木切れをゆっくりと下ろし、背後をふり返る。いったいなんだというように、じっと崖の上を見た。

（……うそ）

不穏な地鳴りがさらに激しさを増し、衝きあげられるように地面が振動する。

――ゴゴゴゴゴッ。ゴゴゴゴゴッ！　ゴゴゴゴゴッ！

（まずい！）

あわてて身を起こした。

身体にはまだなお思うように力が入らないが、それでも懸命に立ちあがり、気絶した真帆を両手で抱きかかえる。

「うわあああっ！」

吉川の悲鳴がとどろいた。

ふり返ると、崖の上から濁流のような水が土砂とともに降りそそぐ。

友樹は心で悲鳴をあげた。足もとをふらつかせ、必死に移動する。

（うわあああっ！）

転びそうになった。

真帆を落としそうになる。

友樹は奥歯をかみしめ、ふらつく足を踏んばって土砂から逃げようとした。

耳を覆いたくなるような轟音《ごうおん》。水と土が混じりあった微細な粒が凶器となって顔をたたく。

何度もすべった。

そのたび踏んばった。

すべてを呑みこもうとする恐ろしい土砂が、うなりをあげて襲いかかる。

「はぁはぁ。はぁはぁはぁ！」

（急げ。急げ急げ、いそ——）

「ぎゃあああ」

それは、間一髪のタイミングだった。

わずかに影響を受けこそしたが、土砂の奔流からはすんでのところで身を避けることができた。

真帆もろとも、水びたしの斜面に倒れこむ。

背後でひびいたのは、吉川の悲鳴。

ふり返ると、恐ろしい魔物となった大量の土砂が吉川を呑みこんでさらに流れ落ちる。

「よ、吉川……吉川！」

友樹は立ちあがり、吉川を目で追った。

幸いにも、土砂の勢いはしばらくして止まり、斜面の下方に、うつぶせで倒れている吉川が見えた。

「吉川、大丈夫か。吉川！」

二次災害の危険はあるが、そこに吉川がいることがわかっている以上、やらねばならないことは決まっている。

真帆は、しばらくなら寝かせておいても大丈夫だと自分に言い聞かせた。

そう信じるしかなかった。

土砂崩れの第二波が襲ってこないことを神に祈りながら、泥濘《ぬかるみ》の沼と化した地面を駆けおり、吉川のもとに近づいていく。

「吉川、おい、吉川！　吉川！」

うつぶせの吉川は全身泥まみれで、激しい雨に打たれていた。

彼のもとにたどりついた友樹は、とにもかくにも泥の中から吉川を起きあがらせた。

「しっかりしろ、おい、吉川！　よしか……えっ」

吉川の上体を抱きおこし、失神しているらしき彼を揺さぶった。

友樹は気づいた。

吉川の頭があったあたりに、鈍く光るなにかが埋まっている。

「……？」

気になって、手を伸ばした。

つかんで泥からすくいあげるや、友樹は——。

「あっ！」

思わず大きな声をあげた。

4

興川集落の桜が、ついに満開の時期を迎えた。

集落のあちこちで見事な花が、華やかで、どこかはかなげな淡いピンクの花びらを風に揺らめかせている。

集落に、春がやってきた。

「真帆さん……んっ……」

「ハウゥン、友樹さん……んっんっ……」

……ピチャピチャ。ちゅぱ。

友樹が借りた古民家の中では、昼日中から淫靡な行為がはじまっていた。玄関に鍵をかけ、部屋の中を暗くして、友樹は真帆と布団の中。

「信じられないです。こんな日が、ほんとに来ただなんて。んっ……」

ねばりに満ちた汁音をひびかせて真帆の口を吸いながら、万感の思いとともに友樹は言う。

そんな彼に、閉じていた双眸《そうぼう》をそっと開き、未亡人ははにかんだように微笑した。

「それは……私のセリフです……」

「真帆さん」

「いいんですか、本当に、私なんかで」

心苦しそうに、真帆は言った。

「吉川くんに言わせれば……ううん、本当にそうなんですけど、私なんて、結局、中古品みたいな――」

「やめて、そんな言いかた」

「アァン……」

友樹は真帆の乳房をわしづかみにした。

とろけるような感触の豊満な乳に、さらに淫らな欲望が肥大する。

「友樹さん……」

「はぁはぁ……真帆さん、愛してる、愛してる」

あふれんばかりの熱い思いを、友樹は言葉にした。

真帆を仰臥させ、火照った女体に覆いかぶさる。ブラカップをずらして、たわわなおっぱいをまるだしにさせる。

「ふわあぁ、ゆ、友樹さん、ハアァン……」

「好きだ。大好きだ」

……もにゅもにゅ。もにゅもにゅ、もにゅ。

「んっああ。アン、だめぇ。あっあっ、ハアァン……」

(ああ、いやらしい乳首！)

艶めかしくあえぐ未亡人に、息づまるほどの興奮をおぼえた。グニグニと、大きな乳を揉めば揉むほど、ますます激しい昂りにかられる。

真帆のGカップおっぱいは、小玉スイカを彷彿とさせるボリュームとまるみを見せつけた。しかもまんまるな乳先をいろどるのは、意外とも言える直径四センチはあるデカ乳輪だ。

存在感十分のデカ乳輪は、ただ大きいだけでなく、色合いも官能的。今がさかりと咲きほこる戸外の桜の色によく似ていた。

そのうえ白い乳肌から、乳輪はこんもりと、鏡餅のように盛りあがっている。乳輪の中央からぴょこりとしこり勃つ乳首もけっこう大ぶりだ。大粒のサクランボほどもあるように思える。

乳芽はすでにビンビンに勃起していた。ぷっくりとふくらむまんまるな乳首は、痛いのではないかと思うほど張りつめている。

(真帆さん)

友樹は感無量の心地で真帆の乳を揉み、乳首をスリスリと擦りたおした。

「アァン、は、恥ずかしい……友樹さん……あっあっ、ハアァン……」

「はぁはぁはぁ」

ふたりとも、すでに下着姿になっている。

真帆は清潔感あふれる純白のブラジャーとパンティを、もっちりした女体につけていた。

未亡人ながらいかにも清純そうな彼女とイメージと、穢れのない白の下着は、見事にマッチしている。

十間からすぐ――リビングルームとして使っている六畳間には、真帆が作ってくれた料理が、まだたっぷりと残っていた。

ふたりして差しつ差されつして飲んだ酒も、まだまだこれからだとばかりにあまっている。

何度断っても、助けてもらったお礼がどうしてもしたいと言って、真帆は聞かなかった。

そこまで言ってくれるなら、昼間からふたりで一杯やりましょうということになり、今日のこの日がもうけられた。

その宴《うたげ》は、つい一時間ほど前にはじまったばかり。

だが友樹は、とてもではないが、もう辛抱できなかった。

真帆にあらためて求愛した。あなた以外、もう誰も好きになどなれないと思うと、心からの思いを正直に吐露した。

そんな友樹のあらためての告白に、恥じらいながらも真帆も応えた。

こうしてふたりはこんな陽の高い時間だというのに、彼ら以外誰もよせつけない世界へとこもり、ムンムンの熱気とともに乳くりあいはじめたのである。

(それにしても、ほんとによかった)

友樹は感無量の気持ちで、ことここに至るまでのあれこれに思いをはせた……。

春の嵐による土砂崩れは、小規模なものでおさまった。

崩れた土砂が流れこんだのは人家のない崖の下の森だけで、集落の人々に被害はなかった。

また、友樹は真帆だけでなく、吉川も助けることができた。

あのあと吉川と真帆は、それぞれ救急車で病院に搬送された。早期の救出が功を奏し、ふたりとも無事に一命をとりとめた。口がきけるようになると吉川は、自ら土下座して友樹に礼と謝罪をした。

まさに、災い転じて福となす。

そんな感じの大団円である。

しかも、恐ろしかった土砂崩れは、思いがけない贈りものまで、友樹と真帆にもたらしてくれた。あんなに探していた像が、土砂に流され、百年ぶりに姿を現したのである。

巫女の像は、真帆と友樹が当たりをつけた範囲内の地中に、やはり埋まっていたようだ。

新たな土砂崩れによって地すべりが起こり、地表に飛びだした像は、土砂に流されて倒れた吉川の顔に、ダメ押しの一撃のように躍りかかった。

集落で暮らす誰もが一度として見たこともなかった銅像は、美しい、精緻な作りだった。

伝説の巫女としてたたえられた真帆や美緒の先祖の女性は、愛くるしい笑みをたたえ、優雅に舞うポーズで銅像として彫られていた。

どこか、美緒の可憐さを思わせた。

帰ってきた像は、すでに神社の境内に、ふたたび祀られるようになっている。

これでまた集落は復興するのではと、若い女たちがみんなで喜んでいるという話を友樹は聞いたし、偶然逢えば直接礼を言う女もいた。

たとえば、希和子、あるいは文恵……。

ただ、この大団円は、必ずしもハッピーなことばかりではもちろんなかった。

友樹と真帆が笑顔になれたその裏では、美緒がせつなく涙した。

真帆が救出されたことを知ると、美緒は友樹に抱きついて感謝をした。

だが家に戻ると、志津代の前では身も世もなくくずおれ、号泣したという。

――真帆の幸せを願って身を引いたんじゃ。そんな美緒のかわいい気持ちも、忘れないでいてくれよのう。

真帆を助けた友樹に、おばばは心からの感謝の意を表しつつ、同時にもうひとりのかわいい孫娘のことも気づかい、彼に頭を下げた。

美緒のためにも、おばばのためにも、いい加減なことは決してできない——友樹はひそかにそう思い、自分なりの誠意とともに今日のこの日を迎えていた。

「ああ、真帆さん、こうしたかった」

熱い思いとともに、友樹は言う。

「友樹さん……」

「はぁはぁ……正直に言うよ。ずっと……ずっとずっと、真帆さんのおっぱいをもう一度、こんなふうにさわってみたかった」

アクシデントで真帆の乳房をさわってしまったときのことを思いだし、友樹は白状した。

十本の指で揉みしだくおっぱいは、まさにマシュマロ顔負けのやわらかさ。そのうえ、ずしりとした重みを持ち、量感も迫力十分だ。

「あっあっ……い、いや、恥ずかしい……アァン、友樹さん、ふわあぁ……」

友樹は乳を揉みながら、片房にはぷんとむしゃぶりついた。舌で乳首を舐めころがせば、真帆は色っぽい声をあげて身もだえる。

（た、たまらない）

艶めかしくよがる未亡人に、友樹はますます昂った。

日ごろの一挙一動が慎ましさに満ち、つねに楚々としているぶん、闇の中で真帆がさらす素顔には、男を舞いあがらせる甘美な毒がある。

「ま、真帆さん、ああ、興奮する。真帆さんの乳首。乳首、乳首、乳首」

……れろれろ。れろれろ、れろん。

「アァン、い、いやン、だめ……あっあっ、そんなにしたら……あああぁ……」

片方の乳首を唾液でドロドロに穢すと、友樹はすかさず、もう一方の乳にもむしゃぶりついた。ふたつめの乳首も心のおもむくまま、舐めたり吸ったり転がしたりする。

「きゃっ。あン、いや……きゃっ、きゃっ……」

左右の乳首のそれぞれを交互に責めて、ふたつそろって唾液まみれにした。

やはりこの人も、感じやすい体質のようだ。

美緒といやらしい行為をしたときに思ったことが、まちがいではなかったと知り、友樹はますます天にも昇る心地になる。

「ああ、真帆さん……どうしよう……はぁはぁ……俺、今日は真帆さんに、うんといやらしいことがしたい」

以前の友樹なら、とても言えないセリフだった。だが気がつけば、いつしかこんな言葉まで口にできるようになっている。

「してください」

すると、真帆はうわずった声でうれしい答えを返してくれる。

「真帆さん……」

「でも……私なんかで興奮できますか。私、本当に友樹さんを幸せにしてあげられていますか？」

「真帆さん！」

「い、いやらしいこと、いっぱいしてください。わ、私なんかで……本当にいいのなら……」

「ああ、真帆さん！」

なんてかわいいことを言ってくれるのだろうと、友樹は感激した。

男とは不思議な生きものだとつくづく思う。

こんなにいとおしくて大切な人なのに、なぜだか思いきりいやらしいことをして「恥ずかしい」と言わせたくなる。

誰かがこの人に恥をかかせるようなことをしたら烈火のごとく怒るだろうに、閨の闇では自ら嬉々《きき》として、死ぬほど恥をかかせたくなる。

愛とは——人を愛するとは、誠に不可解なものである。

（ようし……）

友樹は鼻息を荒くする。

三十二歳の未亡人は、どこもかしこもむちむちと、むせ返るような健康美に富んでいた。そのうえ抜けるような白い肌が、興奮と恥じらいのせいでほんのりと色づき、なんとも凄艶な色を見せつける。

もはや、乳輪だけではなくなっていた。

真帆は存在そのものが、そのまま満開の桜である。

「ま、真帆さん」

「きゃあああ」

熟女の許しは得ることができた。

今日は記念すべき祝祭の一日。

ふたりの記念に、終生忘れられないほど恥ずかしい行為をしようと、背中に翼を得たような気持ちで友樹は思った。

白く大きなブラジャーを完全にむしりとる。

体勢を変え、力の抜けはじめた真帆を四つん這いにさせる。

「アァン、いやあ……」

「おお、真帆さん……」

自分でさせておきながら、これはまたなんとエロチックなポーズだろうと感激した。たまらずごくんと唾を飲む。

真帆のヒップは乳房と同様、眼福ものの大迫力。

バレーボールがふたつ並んだような圧巻の眺めを見せつけ、友樹をたまらなく幸せにしてくれる。

5

「おお、真帆さん……」

友樹は声をふるわせ、真帆の尻を食い入るように見ている。

(ああ、恥ずかしい)

屈辱的な体勢を強いられ、ますます顔が熱くなるのを真帆は感じた。

「きゃん」

恥ずかしさのあまり、プリプリと尻をふってしまう。すると友樹の指がパンティの端にかかり、桃の皮でもむくように、つるりと下着を尻からずりおろして足から抜いていく。

「いや、いやあぁ……」

「はぁはぁ……感激だ。とうとう見ることができました。真帆さんの……真帆さんの——」

「きゃっ。あァン、だめぇ……」

真帆は恥じらい、逃げるようにヒップをふった。だがいつにない横暴さで、友樹はそんな熟女の尻をつかみ、動けないようにする。

（ああ、見てる……見られちゃってる……！）

友樹の熱い視線が、もっとも恥ずかしい部分にそそがれているのを真帆は感じた。少女のころからコンプレックスだった、陰毛の濃い局所を見られているかと思うと、さらに羞恥《しゅうち》がこみあげてくる。

だが同時に、真帆はこの状況に奇妙な既視感もおぼえた。

「み、見ないで。そんなに見ないで……」

「真帆さん……感激だ……」

「……えっ」

恥じらって訴える未亡人に、声をふるわせて友樹は言う。

「真帆さんみたいに清楚な人が……こんなに……こんなに……ああ、こんなにいやらしい剛毛だったなんて！」

「きゃあああ」

友樹は心から感激しているかに思えた。浅黒い指が、真帆の羞恥の源泉である、モジャモジャの繁茂に飛びこんでくる。

「いや。いやあぁ、ヒイィン……」

真帆はますますうろたえた。

だが友樹は、そんなことはおかまいなしに「いいな、いいな」とうわごとのようにくり返し、豪快に茂る縮れた恥毛をシャンプーでもするようにかきまわしたり、指にからめたり、やさしくクイッと引っぱったりする。

「やめて……いやン、恥ずかしい、恥ずかしいです、友樹さん。あああ……」

「はぁはぁ……は、恥ずかしいことをしてるんです……でも、俺は本気で感激してます。ああ、いいなあ、いいなあ……」

「いやああ……」

（……あっ）

顔が火照るのを感じながら、真帆はかぶりをふった。

そんな熟女の脳裏に、とつぜん去来するものがある。

──エロいな、真帆。とうとう見ることができたぜ。おまえのマ×コ。

（──っ。よ、吉川くん……）

──うはっ。なんだ、おめえ、メチャメチャ剛毛じゃねえか！

（あああ……）

ようやく合点がいった。

先刻からおぼえていた既視感は、吉川に襲われたときの記憶によるものだ。

あのときも真帆は、今と同じような格好にされ、言葉遣いや口調こそ違うものの、似たようなことを吉川にも言われた。

あのときは、嫌悪感や恐怖がこみあげ、今にもえずきそうだった。

それなのに、今はどうであろう。

恥ずかしいことに変わりはないものの、コンプレックスである剛毛をうれしそうに愛《め》でられて、どこか甘酸っぱく胸をうずかせている自分がいる。

されているのは、似たようなことなのに。鳥肌が立つほどの薄気味悪さの代わりに、真綿で包みこまれるような、妙な心地よさをたしかに感じる。

(友樹さん)

そっと目を閉じ、辱められる悦びに、真帆は打ちふるえた。

私なんかでいいのなら、もっともっと好きにしてと、先ほどから口にしているのと同じことを、同様の強さで熟女は思った。

(す、好きにして……っ。友樹さん、したいようにしていいの……ねえ、したいようにして！　ごめんね、あなた……いいのよね？)

心によみがえる亡夫に、真帆は語りかけた。

いつだってやさしかったその人は、柔和な笑みとともに真帆を見つめた。

「くぅぅ、真帆さん！」

友樹はもうがまんできなかった。

眼前にさらされた魅惑の光景は、確実に男をだめにする。

見事な剛毛とは裏腹な、慎ましさすら感じさせる愛らしい女陰。乙女の持ちものにも見える熟女の恥部は、けれどはっきりと発情していることを友樹にしめし、くぱっと扉をくつろげている。

左右ふぞろいのビラビラが、その一部を濡らしてひろがっていた。奥からのぞく膣粘膜も、早くもヌメヌメといやらしく潤んでいる。

顔を近づければほんのりと、柑橘系の甘酸っぱい芳香が陰部から香った。

かぐわしいアロマはさらに男を腑抜けにする、かいではいけない禁断の香り。しかもそれは、男からいちだんと理性を剝奪《はくだつ》する。

「ま、真帆さん、ああ、真帆さん！」

友樹は未亡人の尻をつかんで動けないようにすると、舌を突きだした。

砂漠のオアシスにふるいつく、喉を干からびさせた旅人のように、眼前でひくつく卑猥な淫華にネチョリと舌を突きたてた。

「きゃあああ」

「あ……」

そのとたん、真帆は我を忘れた声をあげて吹っ飛んだ。

むちむちした脚をコンパスのように開き、身体を投げだして痙攣する。

「真帆さん……イッちゃった？」

なにしろ美緒の姉である。

予想はしていたが、現実に目の前でいやらしい姿を見せられると、いやでも感激はさらなる嗜虐心に変質した。

「ち、ちが……違います……これは――」

「あまりに久しぶりだから、メチャメチャ感じちゃう？　んっ……」

……ピチャッ。

「あああああ」

尻肉をつかんでぐぱっとひろげ、薄桃色をした肛門に舌を擦りつければ、真帆はまたしてもとり乱した声をあげる。

友樹はうれしかった。

もう死んでもいいとすら思う。

この世でもっともいとしい人のこんないやらしい姿が拝めるだなんて、男にとってこれ以上の幸せがあるだろうか。

「肛門。はぁはぁ……大好きな人の肛門……肛門！」

「きゃああ。あああああ」

……ピチャピチャ。れろれろ、れろん。

「ああ、だめ。そんなとこ、汚いです……いやいや、いやあ。ああああ」

「はぁはぁ……汚くない。かわいいです、かわいい。ああ、真帆さん！」

「うああ。あああああ」

文字どおり友樹は、未亡人のアヌスに舌の雨を降らせた。

キュッとすぼまった猥褻な肉穴から、放射状のしわしわが何本も伸びている。そのしわの凹凸の、ひとつひとつまで念入りに舐めたてているようなねちっこい肛門責め。

恥ずかしがりながらも、やはり感じてしまうのか。

みるみる唾液まみれになりながら、あだっぽい秘肛はヒクヒクとひくつき、プップッと唾液を吹きちらす。

「くうぅ、真帆さん」

「んあああ」

煽情的な肛肉のうごめきかたに、獰猛な痴情が増した。

友樹は真帆を仰向けにさせる。美しい黒髪がサラサラと流れ、扇のように布団にひろがる。

豊満な乳房がたぷんたぷんとダイナミックに揺れ、ハの字に流れた。

やわらかそうな腹がせわしない呼吸をくり返し、ふくらんではもとに戻る動きをくり返す。

「きゃあああ、ああ、いやあ……」

友樹は未亡人の脚をすくいあげた。

むちむちした身体をふたつ折りにする。

真帆は悲鳴をあげていやがるも、おしめを替える赤ん坊のような格好になった。

6

「ああ、真帆さん、いやらしい。はぁはぁ……」

未亡人の身体を窮屈な体位に折り、左右にひろがった太ももの間からその美貌を見た。

「いやン、ああ、恥ずかしい……いやあ……」

真帆は羞恥にかられ、楚々とした美貌を引きつらせる。

そんな熟女の小顔の横に、キュッと締まった二本のふくらはぎがある。

未亡人をふたつ折りにした友樹は、暴れる彼女を押さえつけ、突きだされた卑猥な股間の近くに顔をやった。

目の前にあるのは、ボーボーとそそけ立つマングローブの森と、くぱっと花開く小ぶりな淫肉。

甘酸っぱい柑橘系の芳香がふわりと友樹の顔面をなでる。

「ま、真帆さん」

友樹はたまらず、ぬめるワレメにむしゃぶりついた。

「きゃあああ。友樹さん、友樹さん、うあああああ」

「はぁはぁ……たまらない。真帆さん、愛してる。んっんっ」

……ちゅばちゅば。れろれろ。ぶちゅ！

「うああ。ああああああ」

真帆に不自然な屈曲位を強いつつ、友樹は怒濤のクンニリングスで熟女の膣園を責めたてる。

ぶちゅっ、ずちゅずる、ぶぴっと品のない吸い音をひびかせて、この人にこんなことができる悦びにうっとりしつつ、めったやたらに舌を使う。

「あっあっ、ハアァン、ああ、だめ、いや、いやあ。きゃあああ」

――ブシュッ！

「ぷはっ!?　おお、真帆さん……」

そんな友樹の顔面に思いがけない贈りものがあった。

ピュピュッとしぶいた潮噴き汁が、勢いよく飛びちったのだ。

「ああ、ご、ごめんなさい……」

人には見せられない卑猥な格好のまま、未亡人は清楚な美貌を引きつらせた。

おそらくこうしたことは、これがはじめてではないのだろう。

やってしまったと猛烈に恥じらう顔つきになり、友樹の反応を心配そうにオロオロと見あげる。

「はぁはぁ……潮を噴いたんですね、真帆さん。くう、なんていやらしい」

心からの感激の思いを言葉にした。

「ご、ごめんなさい。ごめんなさい！」

だが真帆にしてみれば、なじられるようにしか感じられなかったようだ。

はしたない自分に嫌悪をおぼえたような表情で、いやいやとせつなげにかぶりをふる。

「あ、謝ることないじゃないですか」

友樹はそう言うと、並べてそろえた二本の指をヌチョリと膣に挿入した。

「ヒイイィ。あ……あっあっ……ゆ、友樹さん！　あっあっ。あっあっあっ！」

――グチョグチョグチョ！　ヌチョヌチョヌチョ！

とろとろにぬめる狭隘な膣肉を、二本の指で奥へ手前へと猛烈にかきまわした。

そっと指を曲げてカギのようにすれば、指の腹と膣ヒダが思いきり擦れ、心地よいザラザラ感がいっそう強いものになる。

「あっあっあっ、ああ、困る、困るンン！　友樹さん、そんなことしたら……そんなことしたら、うああ。あああああ」

剛毛に媚肉に、ひくつくアヌス――恥ずかしい部分を全部友樹にさらしながら、真帆は気が違ったような声をあげた。

膣肉をサディスティックに蹂躙され、ますます猥褻な汁が女の園からあふれ返る。

心ならずも感じてしまっていることを訴えるかのように、まるだしになったアヌスが、ヒクヒクと何度も開口と収縮をくり返す。

「ヒイィ。ああ。いやあ、見ないで。恥ずかしい、恥ずかしい。こんな私、見ないで。困る。困る、困る、こまあああああっ」

「――うおっ!?」

――ブシュッ！　ブシュ、ブシュ、ブシュウウッ！

ちゅぽんとワレメから指を抜くや、真帆のそこからは、肉栓のあとを追うように、豪快に潮が飛びちった。

男の射精かと見まがうような勢いで透明な汁が糸を引いて噴き、ビチャビチャと真帆本人の火照った美貌に降りそそぐ。

「あう……いやあ……あう、あう、あああ……」

「おお。真帆さん、最高だよ」

ようやく解放してやると、真帆はぐったりと布団に横臥した。不随意に全身を痙攣させてアクメの余韻にひたる。

自らが噴きださせたはしたない汁のせいで、顔からおっぱいのあたりにかけては、もうぐちょぐちょに濡れていた。

それ以外の部分も、じわりとにじみでてきた汗のせいで、しっとりと色っぽい艶光りをはじめている。

闇を跳ね返すかのような汗の微粒の艶めかしさに、真帆の持つ肉感的な魅力がいちだんと増した。

「はぁはぁ……真帆さん、もうがまんできない」

友樹は言うと、自身の股間からボクサーパンツをむしりとった。

ブルルンッと勢いよくしなりながら、戦闘状態になった怒張が雄々しい姿を闇に現す。

「はうう……友樹さん……」

乱れた息をととのえながら、真帆は友樹の股間をちらっと見た。

その顔に、たちまち驚きの色がにじむ。

信じられないものを見たとでも言わんばかりにこわばり、顔に差していた赤みもいちだんと増す。

「真帆さん、挿れていいね……いいんだよね？」

「アァン……」

汗で湿った熟れ女体を仰向けにさせた。

もはや一刻だって猶予などなかったが、覆いかぶさった友樹は、紳士的に許しを求める。

「い、挿れてください」

すると真帆は、目を潤ませて友樹に言った。

「真帆さん……」

「友樹さんの……ものにしてください……ひとつに、なりたい……」

「おお、真帆さん！」

友樹は天にも昇る心地になる。

猛るペニスを手にとって、角度を変えた。

肥大した亀頭をぬめるワレメに押しつける。真帆と目と目を見交わして、一気に奥まで侵入させる。

7

――ヌプッ。ヌプヌプヌプヌプウッ！

「うあああぁ」

「おおお……真帆さん……」

膣奥深くまでつらぬくや、またしても真帆は彼女とも思えない声をあげ、ビビンと全身を硬直させた。

ペニスの行く手をさえぎるかのように、亀頭を通せんぼしてキュッと包むものがある。

どうやら子宮を思いきりえぐりこんだようだ。ポルチオ性感帯を刺激され、あえなく熟女はまたしても絶頂に突きぬけた。

「あう……あう……ああ、いや、私ったら……恥ずか、しい……ああ……」

「恥ずかしがらないで。俺、幸せだよ。ああ、真帆さん！」

「ひはっ」

……バツン、バツン、バツン。

「あああ。あァン、友樹さん、友樹さん、いやあ、すごい奥まで、奥まで、うあああああ」

「はぁはぁ。はぁはぁはぁはぁ」

友樹は汗をかきはじめた女体を抱きすくめ、カクカクと腰をふった。

真帆の胎肉は信じられないほど狭隘だ。そのうえ、奥の奥までぐっしょり、ねっとりと潤みをたたえている。

そして、さらに言うならば――。

「うああ。あっあっ。ハアァ、友樹さん、ああ、すごい。あああああ」

「おお、真帆さん……」

怒濤の腰ふりで膣奥深くまで何度も亀頭を埋めながら、友樹は慄然《りつぜん》とした。

真帆の膣路はたえまなく波打ち、亀頭の先から根元まで、友樹の肉棒を艶めかしく揉みつぶす。

あまりに気持ちのよい返礼に、どうがんばっても、みるみる射精衝動が大きなものに変わっていく。

友樹は全身に、ぶわりと大粒の鳥肌を立てた。

「ま、真帆さん……おおお、真帆さんのアソコ……オマ×コ気持ちいいよ！」

友樹はわざと卑語を口にし、感じている幸せを熟女に伝えた。

「あぁあ。友樹さん、恥ずかしい。でも……うれしいです。お願い、気持ちよくなって。あっあっ。あああああ」

「おお、真帆さん、だめだ……気持ちよくって……もう限界だ！」

——パンパンパン！　パンパンパンパンパン！

「ヒイィン。あぁン、友樹さん、ああ、すごい。すごいすごいすごい。あああ」

膨張する爆発情動にあおられるかのようだった。

友樹は真帆の乳房をわしづかみにし、またしてももにゅもにゅと痛いほどに揉みながら激しいピストンでぬめる肉壺を攪拌《かくはん》する。

カリ首と膣ヒダが擦れるたび、甘酸っぱい煮沸感が湧いた。子宮の餅を亀頭の杵でズズンとつけば「いいのいいの」とおもねるかのように、キュッとすぼまった子宮が亀頭をまるごと締めつける。

（ああ、気持ちいい）

友樹はとろけそうだった。

数は少ないので偉そうなことは言えないものの、こんなに至福感をおぼえるセックスは生まれてはじめてだ。

陰嚢の中で精液が、グツグツと煮たちはじめた。

陰茎の芯が真っ赤に焼けて、カウントダウンのようにうずきだす。

（も、もうだめだ！）

キーンと遠くから耳鳴りがした。

耳鳴りは潮騒《しおさい》のようなノイズに変わり、次第に音量と迫力を増して、友樹めがけて襲いかかってくる。

「うあああ。ああ、友樹さん、奥。奥、奥、奥ンンンッ。いやあ、気持ちいい。気持ちいいの。あぁン、恥ずかしい。もうだめ。イッちゃう。イッちゃうイッちゃうイッちゃうイッちゃうンン。あああああっ」

「真帆さん、出る……」

「うおおおっ。おおおおおおおっ!!」

――どぴゅっ！　どぴゅどぴゅ！　びゅるる！　どぴどぴ、どぴぴぴっ！

(ああ……)

押しよせたアクメの波に、頭からまるごと呑みこまれた。友樹はきりもみ状態でカタルシスに翻弄《ほんろう》される。

(気持ちいい……)

なにも見えなかった。

しかも、なにも聞こえなくなっている。

全身がペニスになったかのように、ただただとてつもなく快い。

ドクン、ドクンと肉棒が脈動するたび、大量の精液が真帆の膣奥にそそがれた。

だが、脈動しているのは男根ばかりではない気がする。全身がドクドクと痙攣し、とろけるような解放感に包まれる。

「はうう……友樹、さん……あああ……」

「あっ……ま、真帆さん……」

友樹はようやく、真帆に意識を向けた。

あまりの気持ちよさに、つい没我の境地におちいって、大事な人を気づかう余裕すらなくしていた。

「だ、大丈夫？」

「あっ……あはぁ……すごい……入ってきます……温かい……精液……いっぱい……いっぱい……あああ……」

「真帆さん……」

「アァン……」

まだなお射精はつづいていたが、友樹はあらためて真帆を抱きすくめた。真帆の裸身からは汗の甘露が噴きだし、すっかりぐしょ濡れになっている。ギュッと胸を押しつければ、たわわな乳房が鏡餅のようにつぶれた。ふたつの乳首が炭火のような熱さとともに、友樹の胸板に食いこんでくる。

「もう……放さないから……」

強い決意とともに、友樹はささやいた。真帆の両手が友樹の背中にまわり、強く、ギュッと抱きしめる。

「放さない。死ぬまで、ずっとそばにいる……いいね……」

真帆は答えなかった。

返事の代わりのように、さらに強く友樹の身体を抱きすくめた。

巫女の像が復活してから、集落はたしかにそれまでと変わった。

いや、もちろん像の霊力のせいもあるだろうけれど、友樹の貢献もまた大きいと声高に主張する人もいる。

だがいずれにせよ、友樹と真帆がひとつに結ばれてから半年も経つと、氏神神社の境内で行われる巫女舞神事の情景も驚くほど変化した。

「すごい人出ね」

境内に集まった人の数に、真帆が目をまるくする。

「ほんとだね」

そのかたわらでは、友樹も同じようにびっくりしていた。

そしてそれは、みなの視線を一身に浴びて舞う、巫女装束姿の美緒もまったく同じであろう。

以前とは比べものにならないほど大勢の人々が境内につめかけて、美緒の舞に手を合わせていた。

古くから集落で暮らす人の姿ももちろんあったが、その多くは、この半年のうちに集落に越してきた若い男性たちである。

いろいろと一段落をした友樹は、あれから真帆といっしょの暮らしをはじめ、集落についてのレポートを自身のブログにアップしはじめた。

失われた銅像が、ある事件のあと百年ぶりに姿を現した一件についても、民俗学好き、伝承好きたちが興味を引くような書きかたで報告した。

少しずつ、変化が起きはじめた。

ひとり、ひとり、またひとり。

全国各地から、若い独身男性が集落に移住してくるようになった。

そうした移住者の中には、引っ越してそうそう、集落の未亡人といい仲になる者もおり、しかもそうしたカップルは、ときを追うごとに続々と増えた。

長いことだえていた活気が戻ってきた。ついには、この集落二件目となる商店に加え、飲み屋までもが開店した。

そのどちらもが、長いこと住む者とていなかった古民家を改装し、今風のしゃれた店にした。

神様仏様、銅像様に佐川様――集落の者たちは半分は冗談、そしてもう半分は意外に本気で、帰ってきた像はもちろん、友樹のことまでありがたがった。

通りなどでばったり会えば、手を合わせて友樹を拝む者までいた。

友樹はおばばから田畑を与えられ、真帆とふたりで農業もやるようになった。

気ままに各地に旅に出るような暮らしは難しくなったが、とんでもなく大事なものと出逢えたのだから、心残りなどなにひとつない。

取材などは農閑期にやると決めた。

巫女の像に伏して礼を言わなければならないのは、まず誰よりも自分であるとまで思っている。

「見て、この人たちの熱い視線」

おごそかな巫女舞神事がつづくなか、真帆は小声で友樹にささやいた。

「うん？　あっ……」

うながされて、若い男たちの顔を見た友樹は、思わず息を呑む。誰もがみな顔を上気させ、拝殿内で優雅に舞う美しい巫女に見とれている。

帰ってきた像が話題になり、多くの人を集めていることは事実だが、こうして見ると集落に移り住んだ若者の多くは、美緒が目当てかもしれないとも思う。

集落の未来を一身に背負って舞う少女についても、友樹は写真つきでブログでレポートしていた。

「すごいね、美緒ちゃん……」

感激し、ため息をついて友樹は言った。

「ええ」

するとこくんとうなずき、ちょっと自慢げに友樹のいとしい人は胸を張る。

「私の自慢の妹なの」

「……うん。知ってる」

ふたりは見つめあい、クスッと笑った。

「あっ……おばば」

気がつくと、そんな彼らのかたわらに志津代がいた。

おばばは口もとに微笑を浮かべ、拝殿内の美少女をじっと見つめている。

「そりゃ……こうなるわのう」

複雑そうな調子で、おばばはぼそっとひとりごちた。

「……えっ？」

なにを言ったのかよくわからず、友樹はおばばに片方の耳を近づける。

「まあ、なるようにしかならんわな」

「は、はあ……」

「のう」

同意を求めるように、志津代は友樹を、そして真帆を見た。

真帆は困ったように微笑を返し、もう一度誇らしげに、奉納の舞をする妹に目を細めた。


お囃子衆の奏でる重々しい音色が、澄んだ青空に吸いこまれていく。

境内を囲む木々たちは、日に日に赤く色づいてきた。

興川集落に、秋が来た。

今年の秋は、いつもとはちょっと違ったものになるだろう。

＊この作品は、イースト・プレス悦文庫のために書き下ろされました。

イースト・プレス
悦文庫

桃色の未亡人村

庵乃音人《あんのおとひと》

２０２３年１月22日　第１刷発行

企　画　松村由貴（大航海）

発行人　永田和泉
発行所　株式会社　イースト・プレス
〒１０１‐００５１
東京都千代田区神田神保町２‐４‐７　久月神田ビル
電　話　０３‐５２１３‐４７００
ＦＡＸ　０３‐５２１３‐４７０１
https://www.eastpress.co.jp

印刷製本　中央精版印刷株式会社
ブックデザイン　後田泰輔（desmo）

ISBN978‐4‐7816‐2163‐0 C0193